その手に夢、この胸に光

～右手にメス、左手に花束 5～

椹野道流

CHARADE BUNKO

二見シャレード文庫

目次
CONTENTS

イラスト――唯月　一

その手に夢、この胸に光

1.

「……ふー……」

床に座り込んだ永福篤臣《えいふくあつおみ》は、額にうっすら浮いた汗を拭《ぬぐ》った。

作業に没頭していて気づかなかったが、いつの間にか太陽が傾き、部屋の中が薄暗くなり始めている。

「くそ、たったこんだけしか詰められなかったのかよ」

半日かけて周囲に築いた段ボール箱の砦《とりで》を見回し、篤臣は嘆息した。

彼が、パートナーである江南耕介《えなみこうすけ》の留学に伴い、ここアメリカ合衆国ワシントン州シアトルに来て、もう二年あまりになる。

外科医の江南は、先輩の急病で転がり込んできたチャンスを摑《つか》み、ワシントン大学医学部で人工心臓の研究をしている。

篤臣のほうは、いったん法医学者としてのキャリアを中断しての同行だったため、特に仕事があるわけではない。

だが、英語をマスターすることは基礎医学の研究者としては大きな強みになる。何しろ、いくら実験を重ねて成果を出しても、それを本当の意味で評価してもらうには、英語で論文を書いて雑誌に掲載されなくてはならないのだ。

国際学会で発表するときにも、いかにも日本人的な発音の英語では恥ずかしい。懇親会で尊敬する外国人の法医学者に会ったとき、やはりそれなりの英語で話しかけてもみたい。

そこで篤臣は地元の語学学校に通い、こつこつと自分の英語能力を磨いてきた。いくつかの検定試験を受け、まずまずの成果を上げてもいる。

日常生活レベルの英語なら、もうあまり苦労せずに喋《しゃべ》ることができ、最近では、医学英語を取り入れた個人レッスンを、通常クラスに追加して受講するようにもなっていた。


そして、シアトルが遅い春を迎えた五月のある日。

夕食の席で、江南が帰国しないかと切り出した。

渡米してからずっと続けてきた研究成果を、三本の論文にまとめることができた。それらがそこそこ有名な医学雑誌に掲載されることが決まったので、一応、ここで留学生としての生活に一区切りつけようと思う……というのだ。

もとより、滞在期間は江南任せの篤臣である。法医学教室を退職してここに来たとはいえ、戻れるものなら元の職場で自分の仕事を再開したい気持ちもある。

帰国に反対する理由はどこにもないので、二人は一ヶ月後に日本に帰ることを決め、準備にかかった。

しかし、江南にはまだ残務処理がある。

一方、篤臣は検定試験も終わり、学校の選択授業を比較的容易《たやす》く減らすことができる。自然と、荷造りや帰国に際しての各種手続きは、ずっしり篤臣の肩にのしかかることになった。

「はー……疲れた……」

篤臣は床に座り込んだまま、傍らのベッドにもたれかかった。

今朝《けさ》、江南を送り出してからというもの、篤臣はずっと動きっ放しだった。

朝から洗濯機を回し、掃除機をかけ、飛行機のチケットをインターネットで検索して購入し、近くに住む大家さんの家に帰国の挨拶《あいさつ》に行き、夕飯の下ごしらえをしながら、適当にあまり物でサンドイッチを作ってランチを済ませ……。

午後からは、ずっと荷造りに励んでいたのだが、これが予想外に手こずる作業だった。

できるだけ物を増やさないように心がけてきたつもりだったのに、それでもこの家に引っ越してきたときの数倍、家の中にいろいろな品物が溢《あふ》れ返っている。

篤臣はどちらかといえば処分上手なほうだが、それでも、異国の地で手に入れた品物ということもあって、一つ一つから甦《よみがえ》る思い出は印象深いものばかりだ。そう簡単に手放せるものではない。

結局、彼にしては珍しく、「まあ……一応持って帰るか」と片っ端から箱に詰めてしまい、荷物はますますかさばっていくのだった。

「う～ん……見積金額でホントにおさまるんだかな。あれ超えると、けっこうやばいことになるんだけどな」

日本の運送業者がアメリカにも支社を置いているので、二人はそこに引越し作業を頼むことにした。

ところが、さすが海を越える引越しと言うべきか、船便を使ってもけっこうな金額がかかる。それで、荷造りは自分がやると篤臣は宣言してしまったのだ。

「言い出したからには、やんなきゃだよな。くそ、家が広いもんだから、物が増えたのに気がつかなかった。……ふあ……」

さっきまで作業に没頭していて気がつかなかったが、ずいぶんくたびれてしまっていたらしい。押し寄せてきた睡魔に、欠伸《あくび》が漏れる。

「ちょっとだけ……休憩」

柔らかなベッドマットに身体《からだ》を預け、篤臣はそっと目を閉じた。

「……ぃ……おい！」

「……う……ん……？」

肩を揺さぶられ、篤臣は眠りから覚めた。室内の明るさに目の奥が痛み、すぐに目を閉じてしまう。

心の準備をしてからあらためて瞼《まぶた》を開くと、目の前に、跪《ひざまず》いて心配そうに自分を覗《のぞ》き込む江南の顔があった。

眩《まぶ》しかったのは照明のせいで、窓の外は真っ暗になっている。

「あ……おかえり」

「ただいま。大丈夫か、お前。どないしたんや、こんなとこで。寝とったんか？　倒れとったん違うな？　それともホンマに具合悪いんか？」

矢継ぎ早に質問を投げかけながら、江南は篤臣の額に大きな手を当てる。

「熱はあれへんみたいやけどな」

「大丈夫だよ、どっこも悪くねえ。ちょっと、荷造りで力尽きてただけだ」

篤臣はやんわりと江南の手をどけ、立ち上がって大きな伸びをした。その様子に、江南もようやくホッとした顔になる。

「なんや。帰ってきたら家ん中真っ暗やし、呼んでもお前出てこんし、ビビリながら捜し回ったら、こんなとこでへたれとるし。はー、何が起こったんかと思って、寿命縮んだで」

「悪《わり》ぃ。朝から動きっ放しだったから、気を抜いたら急に眠くなっちまって」

篤臣は、ベッドサイドの時計を見て顔色を変えた。

「うわっ! お前、今日帰り遅かったんだな。ごめん、すぐ飯の支度……」

「ええて」

ベッドルームを出ていこうとする篤臣の手首を摑んで制止し、まだ薄手のコートを羽織ったままの江南は言った。

「今日の材料、明日の晩飯に回しても腐らへんのやろ?」

「そりゃ……まあ」

「ほな、ちょっと行って晩飯仕入れてくるわ。こんなとこで寝てまうほどくたびれとんのに、慌てて料理なんぞしたら指焦がすで」

「でも、今からまた出かけるの、めんどくさいだろ」

「着替える前や、かめへん。チャイテクでええか?」

チャイテクとは、チャイニーズ・テイクアウェイ……つまり、中華料理の持ち帰りのことだ。

近所にある持ち帰り専門店の料理は安くてまずまず美味《おい》しいので、江南も篤臣も気に入っているのだ。

「ああ、うん。……悪いな」

「ええて。俺が出かけてるあいだに、風呂《ふろ》入っとけ。お前、こないなとこで寝るから、えらい身体冷えてしもとるぞ。風邪《かぜ》引いたらどないすんねん」

そういえば、さっきから手足の先がやけにヒヤヒヤする。江南の観察力に舌を巻きつつ、篤臣は同居人を玄関先まで見送り、言われたとおりにバスタブに湯を張った。

篤臣はさほど長身というわけではないのだが、それでも、浅いバスタブでは全身をゆったり沈めるというわけにはいかない。

そんなことがしたいならジャクジーを買えと隣人に笑われ、そんなものかと思いつつずっとこの風呂を使い続けてきたが、最近では、切実に日本の深い風呂桶《おけ》が恋しい。

「日本に帰ったら……何はともあれ、我が家の風呂に飛び込みたいなあ」

両手で湯を掬《すく》った篤臣の口から、そんな言葉が漏れる。呟《つぶや》いてから、篤臣は自分の言葉にちょっと驚いた。

「我が家……」

日本にいるときから江南のマンションで同居していたのに、当時、そこはずっと「江南んち」だった。

どうしても、江南のマンションに一時的に身を寄せているという意識を拭えずにいたのだ。もともより将来を約束した仲などではなかったし、まして男同士だ。つきあっていても、いつまで関係が続くかわかったものではない。

多忙な日々の中、一緒に過ごす時間を確保するために、便宜上、江南の家に同居しているだけ……篤臣は、心のどこかでそんなふうに思っていた。

だが、すったもんだの末一緒にアメリカに来て、ひょんなことから江南にプロポーズされ、法的な効力はないとはいえ結婚式まで挙げた。

もはやつきあっているだけではなく、二人は互いに結婚指輪を嵌《は》めた「所帯持ち」なのだ。

江南がよく言うように「嫁」になったつもりはないが、江南の直情径行な性格を思えば、自分が女房役にならなくては仕方がない。篤臣は諦《あきら》め半分ながら、そう納得しつつもある。

惚《ほ》れた……あるいはほだされた弱みで、自分のことは脇《わき》に置き、江南の夢を最優先で叶《かな》えてやりたいと思ってしまう。そしてそれが、自分を犠牲にするという意識ではなく、心からそうしたいと願っているのだということも、篤臣にはわかっている。

今の篤臣にとっては、世界じゅうどこでも、江南のいるところが我が家である。だから日本の江南のマンションも、今はもう自分の家だと感じられるのだった。

(ここに来て、ずいぶん変わったんだな、俺。きっと、あいつも)

言葉も文化も違う外国だけに、二人で力を合わせなくては乗り越えられない壁もいくつかあった。

日本にいたときよりともに過ごす時間が増えたせいもあり、ここでの時間は、本当に二人の心を近づけてくれた気がする。

(毎日必死だったりなんの気なしだったり……ただ暮らしてただけのつもりだったけど、ホ

ント変わったんだ……。いろんな意味で）

熱めの湯が、冷えた身体を優しく温めてくれる。力仕事で筋肉痛になった二の腕を揉《も》みほぐしながら、篤臣は我知らず、幸せそうな溜《た》め息をついた……。

篤臣が風呂から上がって髪を乾かしているとき、玄関の扉が開く音がした。

「帰ったでー、篤臣！　飯にしようや」

よく通る大声に名を呼ばれ、篤臣はバスルームから頭だけ出して返事をした。

「おう。おかえり。すぐ行く！」

篤臣がダイニングに行くと、江南はテーブルにテイクアウトの料理を並べていた。といっても、紙箱を紙袋から出して置くだけなのだが。

テイクアウト用の紙箱は四角いバケツのような形をしていて、なかなかに可愛《かわい》らしい。その形が気に入っているので、二人はいつも、あえて皿に移し替えずに食べることにしていた。

「またすごい量だな。お前をひとりで買い物にやると、これだから嫌なんだ。いつも、後先考えずに山ほど買ってきやがって」

テーブルの上を呆《あき》れ顔で見遣《みや》りつつ、篤臣はキッチンに入った。

「何飲む？」

「あ、俺ビール。……店で順番待っとるあいだ、メニュー渡されるやないか。あれ眺めとったら、どれ見ても旨《うま》そうに見えるねん」

「あー、わかるわかる。腹減ってると特に、想像が広がるよな」

缶ビールを二つ運んできた篤臣は、そのままキッチンに引き返し、今度は取り皿を持って戻ってきた。

「せや。そんで、食いたいもん端から言うていったら、えらい量になってもうた」

せやけど旨そうやねんで、と言い訳めいたつけ足しをして、江南は自分の席についた。篤臣も、向かいの席に座る。

「ほな、とりあえず荷造りお疲れさん、やな」

「まだまだ先は長いよ。お前こそ、仕事お疲れ」

二人はビールの缶をこつんと合わせた。ぐっと一口旨そうにビールを飲んでから、江南は紙箱を次々と開けていく。

「ええと……卵炒飯《チャーハン》に酢豚に八宝菜、小海老《こえび》の天ぷらと、あと海老トーストと、ブロッコリーの蟹《かに》あんかけ……。こっちはアレや、春巻きと蟹爪《かにつめ》の揚げもん。どや、旨そうやろ」

得意げに言う江南に、篤臣は苦笑いした。

「すげえ旨そうだけど、誰《だれ》がこんなに食うんだよ」

「俺とお前に決まっとるやないか。残ったら、俺が明日、弁当に詰めて持っていく」

そう言って、江南はホクホクした顔で料理を皿に盛り、口に運ぶ。

「うん、旨いで。お前も冷めへんうちにはよ食え」

「お、おう。……それにしても、業者の置いてった箱、意外に入らねえぞ。壊れ物を詰めてたせいもあるけど、梱包《こんぽう》するとすげえかさばる」

篤臣も、卵炒飯をたっぷり皿に盛り上げながら言った。この店の卵炒飯は薄味で、おかずを載せて一緒に食べるとすこぶる旨いのだ。

「……ほうなんか?」

炒飯と酢豚を口いっぱいに頬張《ほおば》り、江南は不明瞭《ふめいりよう》な口調で問う。

「うん。引越し当日には、きっと家じゅう箱だらけだ」

「まだ日はあるねんし、無理すんなや。週末になったら俺も手伝うし、重いもんとか、絶対ひとりで運ぶな。腰いわすぞ」

「わかってる。俺だって学校あるし、少しずつやるよ。……ってか、週末はもっと大事な用事があるだろうが」

「う?」

「忘れてんのかよ。お別れパーティの支度しなくちゃだろっ!」

「ぐあ。すっかり忘れとった。せや、週末ごとに宴会三連発なんやったな」

「そうそう。けっこうハードワークだぜ」

「はー……」

江南は大袈裟《おおげさ》に溜め息をつく。

いったん帰国すれば、なかなかこの地を再訪する機会はないだろう。

そこで二人は、シアトルでお世話になった人々や新しくできた友人たちを家に招き、ささやかな食事会を開いて感謝の意を伝えたいと考えたのだ。

ただ、彼らの家はアメリカにしては小さいので、知り合いを全員招待すると、リビングに全員が立ったまますし詰め状態になってしまう。かといって、ガーデンパーティにはまだ少し肌寒すぎる。

そもそも、パーティ慣れしていない二人が、そんな大人数をちゃんともてなせるはずがない。

そこで彼らは、江南サイド、篤臣サイド、そして大家さんや隣人たち……と、三回に分けてホームパーティを開くことにしたのだ。

「料理の献立も考えないと。俺、パーティフードなんてよくわかんねえけど、やっぱ日本食がいいんだろうな」

「せやな。やっぱり日本食いうたら、スシ・テンプラ・スキヤキやろ」

「すき焼きはちょっと無理だけど、寿司《すし》と天ぷらか。天ぷらはまあ簡単だし、いざとなりゃ手で摘《つま》めるし、見栄えもするからいいよな。そんで寿司と」

「ふん。そんだけあったらけっこう豪華やと思うで。せやけど寿司なんかどないすんねん。

お前、寿司まで握れるんか?」

「ばーか。俺は板前じゃねえ、一応医者だ!」

「せやったら……」

「べつににぎり寿司を無理して作らなくても、ちらし寿司でいいだろうが」

「あー、なるほどな」

「正月に帰省したとき、おかみさんに教えてもらったんだよ、ちらし寿司の作り方」

「うちのお母《か》んにか?」

篤臣は笑顔で頷《うなず》いた。

「うん。お前、ちっちゃい頃から好きなんだってな。錦糸卵と甘辛く炊いた椎茸《しいたけ》が載っかったちらし寿司」

江南は春巻きをもぐもぐやりながら、ちょっと決まり悪そうに頷いた。

「まあな。ガキンチョみたいやけど、お母んのちらし寿司は旨いんや。寿司飯に、細こう切った高野《こうや》豆腐が入っとってな。そんで、卵がこれでもかっちゅうくらい載っとって」

「うん。聞いた聞いた。きっと、優しい味なんだろうな。ちらし寿司ならスプーンで取り分けてフォークで食べてもらえるし、生魚が駄目な人でも、ベジタリアンの人でも大丈夫だろ。ちょうどいいよな」

「せやな。早めに作ってどーんと出しとけるから、お前も楽やろ」

笑顔で頷きつつも、篤臣は首を傾《かし》げた。

「うん。でも、そんだけじゃちょっと寂しいか。目新しい日本食がほしい感じかも。サラダは和風ドレッシングで作るつもりなんだけど、もう一品くらいさ」

「目新しい……なあ……。あ、せや！ まだホットプレートは荷造りしてへんのやろ？」

「ああ？ うん、台所はまだ手ぇつけてない。パーティが全部終わってから、ガーッと詰めようと思って」

それを聞いて、江南は切れ長の鋭い目をキラリと光らせた。

「よっしゃ！ ほな、俺が本場のお好み焼きを作ったるわ」

「お好み焼き？」

思いもよらないアイデアに、篤臣は目を丸くする。

「お前、そんなの作れんのか？」

「当ったり前や。俺は大阪人《おおさか》やぞ。親父《おやじ》はちゃんこ屋やけど、お好みも上手いこと作りよるんや。それ見て覚えたから、俺のお好みもなかなかやで」

「へ……へえ」

「そういうたら、お前に作ってやったことあれへんかったな。よっしゃ、お前に食わしがてら、ここは俺が一肌脱いだろ。日本料理屋では、なかなかお好み焼きまでは出えへんやろしな」

「確かに、そうかも。でも、大丈夫かな。お前がゲストの相手してくんないと、俺だけじゃ心許《こころもと》ないぞ」

「心配すんな。テーブルにホットプレート置いて、客の目の前で焼いたら、話題もできてええやろ」

「なるほど！」

「普通サイズやのうて、それこそ菓子みたいなサイズで二口分くらいずつ焼いたら、ちょうどスナック感覚でええん違うか。ベジタリアンの奴には、上に載せる肉をチーズか何かに変えたらしまいやし」

「そっか。意外にいいアイデアだな。材料費も安いし、焼けるの待つあいだ、他《ほか》のもん食ってもらえばいいんだし……。う－ん、いっそトッピングも何種類か揃《そろ》えて……」

だんだん楽しくなってきた篤臣は、はしゃいだ声で喋りながら、ハッとした。さっきまで上機嫌だった江南が、箸《はし》を持ったまま、放心したような顔をしていたのだ。

（……まただ）

帰国を決める少し前あたりから、江南は時折、こんなふうにぼんやりしていたり、ふと暗い眼差《まなざ》しをしたりすることがあった。

単に疲れているのか、あるいは自分の気のせいだろうと篤臣は思っていたのだが、最近、とみに江南のそういう顔を見ることが多い。

さすがに見過ごすことができなくて、篤臣はいったん閉じた口を再び開いた。

「江南」

「…………」

江南は、呼びかけに気づく様子がない。篤臣は、声を張り上げた。

「江南！」

「…………あ？」

ついでにごつんとテーブルを叩《たた》くと、ようやく江南は我に返った様子で篤臣を見た。

「な……なんや？」

「なんだじゃねえよ。こないだから変だぞ、お前」

「変て……」

篤臣は、嘘《うそ》を許さない澄んだ瞳《ひとみ》で江南を見て問いかけた。

「お前さ。なんか、元気なくねえ？」

そう問われて、江南はあからさまな困り顔でかぶりを振った。

「そ、そそ、そんなことあれへんでっ」

「……全然そんなことなくないだろ、そのツラは」

篤臣は箸を置き、真正面から江南をじっと見た。

「ここんとこずっと、お前、時々くらーい顔して考え込んでるじゃねえかよ」

「き……気づいてたんか」

「当たり前だろ。俺をなんだと思ってんだ」

篤臣は憤慨した様子で胸を張る。江南は対照的に、シュンとして篤臣に謝った。

「すまん」

「なんで謝ってんだよ。やっぱりなんかあったのか？」

「まあ、な」

江南の言葉は、珍しいくらい歯切れが悪い。篤臣は怪訝《けげん》そうに眉《まゆ》をひそめた。

「いったいなんだよ。……その、俺には言えないようなことか？　まさか実家で何かあったとか」

「ああ、違う違う。そういうことやのうてな。……俺も現状が把握できてへんから、お前によう言わんかったんや。お前は心配性やから、いらん心配かけたらアカンと思て」

「現状が把握できてないって、どういうことなんだ？」

「うん……。実はな。帰国しよう言うたんは、もちろん研究のキリがよかったからやねんけど、それだけやないねん。もいっこ、理由がある」

「え？　なんだよ、もう一つの理由って」

江南は背筋を伸ばし、「黙っとってすまん」と一言謝ってからこう言った。

「うちの教室……つまり消化器外科っちゅうことやけど、今、教授選を控えとるんや」

「は？」

篤臣は驚いて問い返した。

「ちょっと待てよ。お前んとこの教授、あとまだ五年くらい在任期間があったんじゃなかったっけ？」

江南は沈痛な面持ちで頷いた。

「そのはずやったんやけどな。去年の春、急に体調を崩しはったんや。……その、詰まってしもたらしい」

江南が頭を指さしたところを見ると、どうやら脳梗塞《こうそく》らしい。篤臣は心配そうに眉根を寄せた。

「それで？」

「まあ、命に別状はないねんけど、言語障害やら麻痺《まひ》やら残ってしもてな。そんで大学を去ることにしはったんや。オペの上手い人やったから、手が満足に動かんようになったんが、耐えられへんかったんやろ」

「そっか……。それで、教授選か」

「ああ。俺も、ずっと電話やらメールやらで同僚から話を聞くばっかりでヤキモキするしかのうてな」

江南の浮かない顔を、篤臣はテーブルごしに心配そうに覗き込んだ。

「そんで？　教授選、誰が出てんだ？」

「岡沢《おかざわ》助教授と、講師の小田《おだ》先生や」

「なんだ、身内の一騎打ちかよ」

江南は渋い顔で頷いた。

「まあ、うちなんか地方の私立医大やからな。白い巨塔みたいな大ごとにはならん。せやけどなあ……身内の一騎打ちだけに、医局が真っ二つに割れてしもとるらしいんや」

「あー……」

篤臣は細い鼻筋に皺《しわ》を寄せた。

「そりゃ鬱陶《うっとう》しいな」

「そうなんや。そういう職場のゴタゴタはどうにも苦手やからな、俺」

「誰だってそうだろ。俺さ、小田先生はよく覚えてる。ポリクリのときに、お世話になった」

篤臣の脳裏には、小柄な痩身《そうしん》で、外科医にしては珍しく、精力的なところのまったくない温厚な医師の姿が甦っていた。

ハンサムとは言いがたく、髪も常にぼさぼさで、どうにもパッとしない中年男……それが講師の小田である。

だが、ポリクリ（臨床実習）で彼のオペを見た途端、篤臣の「冴《さ》えない男」という小田のイメージは一変した。

手術室での彼は、まるで精密機械のように正確に病巣を探り当て、取り除き、目にもとまらぬ速さで止血、縫合する。

出血の少なさ、術野《じゅつや》の綺麗《きれい》さは他のどの医師よりも際立っていた。スタッフに飛ばす指示も冷静そのもので、患者の状態急変にも、決して慌てることはなかった。

これが神業というものかと、篤臣は感動さえ覚えたものだ。

ただ、手術が終了し、更衣室でその気持ちを伝えようとしたときには、小田はいつものとぼけた彼に戻っており、「や、お疲れお疲れ」と篤臣たちの肩をポンポンと叩いて立ち去ってしまったのだが。

「小田先生は、飄々《ひょうひょう》としてて俺は好きだな。お前も、尊敬してるって言ってたろ?」

江南は深く頷いた。

「俺だけやない。あの人の腕は、教授と並ぶ……いや、それ以上かもしれん。みんな、あの腕前は尊敬しとる。……個人的に、ああいう性格も俺は好きや。患者にはとことん親切やし、威張ったとこが全然あれへんし」

「そうだな。……岡沢助教授ってあいつだろ、ヒゲ。俺、あいつ嫌い。病棟講義で、自慢話ばっか聞かされた。すげえ眠かった」

篤臣は実にストレートにそう言いきった。

岡沢は、あらゆる意味で小田とは対照的な人物だった。

まだ四十を一つ二つ出たばかりの若さで、ただ立っているだけで人目を引く長身である。若い頃から欧米の医科大学に何度か留学し、英語はペラペラ、有名雑誌に大量の論文が掲載され、テレビやラジオの医学番組から出演依頼が来るという典型的な秀才だ。テレビ出演時には仕立てのいいスーツを着て、病院内では糊《のり》がぱりぱりに効いたダブルの白衣をまとって歩いている。

面長の理知的な顔にフレームレスの眼鏡《めがね》、顎先《あごさき》には手入れの行き届いた短い髭《ひげ》。そして魅力的な笑顔と、いささか高飛車ではあるが知性を感じさせる語り口。まさにエリートを体現して歩いているような男だった。

「俺も……あの人は外科医としては尊敬しとらん。ああいう人も、組織には必要なんやと思うけどな」

「どういう意味だよ？」

「研究はレベル高いし、論文がええ雑誌に載れば、医局だけやのうて大学の評判も上がるし」

「ああ、うん。それはわかる。基礎も、そういう点では同じだからな」

「けど、俺はあの人は学者であって外科医やないと思てる」

江南はキッパリと言った。

「つまり……診察しねえってことか？」

「いや。外来はしてはるし、オペにも入る。けど、腕前はさっぱりやから、下のもんがフォローせんとあかん。それに……自分の研究のネタになりそうな患者ばっかしに便宜をはかりよる。そういうんは……俺は好かん」

学生時代、江南はいきがって自分本位な発言を繰り返していた。金のために医者になると、出会ったばかりの頃、篤臣は聞かされたことがある。

だが、それが本心でないことを、今の篤臣は確信している。両親に似て、江南は相当に生《き》真面目《まじめ》で誠実な質《たち》だからだ。

外科医として、頑《かたく》なすぎるほど心を尽くして患者に接している江南を知っているだけに、篤臣も納得して頷いた。

「なるほど。……つまりアレだな。教授選の準備期間のうちに医局に戻って、自分の立場を表明しなきゃいけないってことだな？」

「そういうこっちゃ。とりあえず戻っとかんと、存在を忘れられそうやからな。留学から帰ってみたら机がなくなっとった可哀相《かわいそう》な医者の話は、よう聞くやろ」

「まあな。もっとも、お前みたいなインパクト大な奴を忘れる上司はいないと思うけど。それはともかく、お前は小田先生につくつもりなんだな？」

江南は躊躇《ちゅうちょ》なく頷く。

「おう。教室の状況は、帰ってこの目で確かめんとわからんけど、俺の気持ちはもう決まっとる。医者として尊敬できる人を支持するつもりや」

篤臣は首を傾げ、だいぶ温《ぬる》くなってしまったビールを一口飲んだ。

「腹が決まってるんなら、それでいいじゃねえか。なんでそんな冴えないツラしてんだよ。まだ何か問題があんのか?」

江南はテーブルに片肘《かたひじ》をつき、手のひらに顎を載せて嘆息した。

「そうは言うても、学級委員決めるんとわけが違うからな。これからの己の人生にも関係があると思たら、ちょっとは気ぃ重うもなるやろ」

「人生って、大袈裟だな」

篤臣は笑ったが、江南は真剣な面持ちで言った。

「アホ、俺は真面目に言うとんのやぞ。そのへんが、基礎と臨床の違うとこなんや」

「そういうもんか?」

江南の気迫に押されて、篤臣も笑いを引っ込める。江南は、頬杖《ほおづえ》をついたまま瞬《まばた》きで頷いた。

「たいした大学やのうても、やっぱり教授いうたら、他の医局員とは一線を画す存在や。名誉も権限もある。正直、それなりの大金が動かせるし、自分の懐にも金が飛び込んでくる」

「俺、その仕組みがよくわかんないんだよな。同じ教授なのに、なんで臨床と基礎で、そんなに収入が違うんだ？　うちの教授なんて、けっこうビンボーだぜ。いまだに軽自動車とか乗ってるし」

「まあ、簡単に言うたら、臨床の教授は人材派遣の元締めみたいなもんやからな。大学以外の金づるがそれなりにあるんやろ。……俺らみたいな下っ端には関係あれへんし、興味もないけどな」

「へえ。そんで、教授選がお前の人生に関係あるってのは？」

「教室員がごまんといる職場やったらそうでもないんやろけど、うちは人数が少ないからな。いい意味でも悪い意味でも、ひとりひとりにトップの目が届く。つまり、教授候補のどっちにつくかで、今後の自分の身の振り方も、ものごっつ変わってくるはずなんや」

「ああ……。つまり、自分が支持したほうが教授になりゃポジションはまずまず安泰、負けりゃ……？　う？　そもそも、教授になり損ねた候補者は、どうなるんだ？」

「いろいろや。教授選に出馬して負けても、助教授として定年まで勤め上げる人もおる。いたたまれんようになって出ていく人もおる。どっちにしても、本人も支持した奴らも、その大学での出世街道からは、確実に弾《はじ》き出されるな」

「ふーん……。いかにもオトナの世界って感じだなあ。で、お前はそれが心配なわけ？　お前らしくないじゃん、そんなこと気にするなんてさ」

しばらく黙りこくっていた江南は、やがて小さく肩を竦《すく》めて困り顔で言った。

「まあ、そうやねんけどな。確かに俺自身には、出世に執着はあれへん。せやけど、せっかく留学までしたんやから、学位くらいは取っときたいと思うんは普通やろ」

「……まあ、そりゃもらって邪魔になるもんじゃねえしな」

「せやせや。死ぬほどほしいっちゅうわけやないけど、できることなら、な。……それに……」

「それに？」

「留学したい言うて我《わ》が儘《まま》こねて、お前をここまで引きずってきた事情があるやろ？」

「う……うん？」

「それやのに、今度の教授選で俺がしくじったら……最悪、医局におられんようになるかもしれん。そうしたら、大学での俺のキャリアは終わりになる」

「それって、お前が支持するつもりの小田先生が、教授選に負けそうってことか？」

「そら、まだわからん。けど、結果は勝つか負けるか、二つに一つやろ」

「うん……」

「たとえ小田先生が負けても、俺は自分の思うとおりにした結果やからかめへん。けど、お前は退職までして俺についてきてくれたのに、そないなことになったら申し訳ないと思うてな……。俺の一存やのうて、帰国して状況を見極めてから、どっちにつくか考えたほうが賢いんやろか、とかいろいろ……」

それを聞いた途端、篤臣はいきなり腕を伸ばし、江南の頭を張り飛ばした。久々の痛烈な一撃に、江南は頭を押さえて目を白黒させる。

「あ……篤臣？」

「バカ言ってんじゃねえ！」

ストレートに怒りを露《あら》わにした篤臣は、テーブルをバンと叩いて立ち上がった。

「何度も言っただろ！　俺は、お前のために自分を犠牲にして、職場を辞めたんじゃないって。俺がそうしたかったから……お前と一緒にここに来たかったから、自分の意志でそうしたんだ。お前がそのことで、俺に引け目を感じる必要は、これっぽっちもねえ！」

「それは……わかっとる。せやけど」

「俺のこと気遣ってくれんのは嬉《うれ》しいよ。でもそのせいで、お前に自分の主義を曲げてほしいなんて、俺は全然思ってねえぞ」

篤臣はちょっと口を噤《つぐ》み、優しいが強い意志を秘めた瞳で江南を睨《にら》んだ。

「俺が今ここにいるのは、仕事とお前を秤《はかり》にかけて、お前を取ったからだ。こ、こ、こんなことといちいち言うの恥ずかしいから嫌だけど、そんだけお前が……な、何より大事だってことだッ！」

「………」

滅多に甘い言葉は口にしない篤臣の思いきった発言に、江南は驚いた顔つきのまま硬直している。

篤臣は、湯気を噴きそうに赤い顔で、結婚指輪の嵌まった左手を江南に突きつけた。

「この指輪の意味、忘れたのか？　何があっても二人で一緒に頑張ってこうって印じゃなかったのかよ」

「そ……そうや」

「だったら、ガタガタつまんないことをひとりで勝手に考えて、悩んでんじゃねえ。なんのために、俺がここにいるんだ」

「篤臣……」

「言いたくないことまで言えとは強制しない。けど、妙な遠慮してないで、何か迷ったら俺に言えよ。二人で考えりゃ、いいアイデアが出るかもだろ。何も出なくても、ひとりでくよくよするよりはマシだろうし」

「あ……ああ」

すっかり気圧《けお》された様子の江南に、篤臣はほんの少し表情を和らげる。

「教授選のことは、お前の思うとおりにやれよ。お前が尊敬する人を、素直に応援すりゃいいじゃん」

「……………」

「それで事態が悪いほうに転んでも、自分の良心を裏切ってさえなきゃ、失うものなんてたいしたことねえよ。だろ？　だいたい、小ずるい計算なんか絶対しないのが、お前の最大の取り柄だぜ」

「……せやな……」

「俺がお前のそういうとこがいいと思ってんだから、結果がどうなったって、俺に迷惑なんかかかんねえよ。俺もお前と一緒に、同じ選択をしたってことだと思え」

早口にそれだけ言って、篤臣は椅子《いす》に座ろうとする。だが江南は、引っ込めかけた篤臣の指先を優しく摑み、薬指に嵌まった結婚指輪に唇を押し当てた。

「な……何、してんだよっ」

江南の気障《きざ》っぷりには慣れているはずの篤臣だが、そんな誓いの儀式めいた行為を食べ散らかした中華料理の上で繰り広げられては、戸惑《とまど》うばかりだ。

「ありがとうな、篤臣」

だが江南のほうは、やけに嬉しそうな顔で篤臣の手を握ったまま言った。

「何がっ」

「俺はアホやからお前に怒られてばっかしやけど、そのたびに、お前の気持ちが聞けて嬉しいんや。しばかれとんのに、ついうっかり喜んでまうわ」

「馬鹿野郎！　叱《しか》られて喜ぶな。変態か、お前は。いや、変態なのはもう骨身に染みてわかってっけど」

篤臣は無理やり手を引き抜き、ドスンと椅子に腰かけた。皿の上ですっかり冷たくなってしまった酢豚をヤケクソの勢いで口に放り込む。

「せやかて、嬉しいもんやで。この年になって、叱ってくれる人がおるっちゅうんは。愛されとるなあって実感するやないか」

「うるせえ！　バカ言ってねえで、とっとと飯食えよ」

ガツガツと無闇《むやみ》に食べ物を口に押し込む篤臣を、江南は愛《いと》おしげに、感謝をこめた眼差しで見つめていた……。

その夜。

篤臣が寝室の扉を開けると、先にベッドに入っていた江南は、ベッドに上体を起こし、立てた枕《まくら》に頭を預けて、ぼんやりと考え事をしている様子だった。

「まだしつこく考えてんのか？　悩むのは、帰国してからで十分だろうが」

そう言いながら入ってきた篤臣に、江南は曖昧《あいまい》な笑みを浮かべて眠そうな目で言った。

「いや、そのこと違うんや。他のことを考えとった」

「……他のこと？　まだ何か悩んでんのか？」

篤臣は部屋着を脱ぎ、パジャマに着替えながら、背中を向けて問いかける。

江南は、そんな篤臣の若木を思わせるしなやかな背中を見ながら答えた。

「悩んどるっちゅうか……。まあ、心配っちゅうか」

「は？」

篤臣は、何度も洗ってクタクタになったコットンのパジャマに袖《そで》を通しつつ、首をねじ曲げて江南を見た。

「なんだよ、他にも悩み事あんのか？　難儀な奴だな、お前」

「ん……まあ、悩み多きお年頃っちゅうやつやな」

「バカ言ってやがる」

「……篤臣」

軽く受け流すつもりが、やけに真面目な声で名前を呼ばれ、着替え途中の篤臣は、微《かす》かな違和感を覚えて振り返った。

「な……？」

「…………」

江南はにこりともせず無言のまま、ただポンポンと自分の左側の枕を叩く。どうやら、早く来いと言いたいらしい。

ボタンを留め終えるそんなわずかな時間すら待ちたくない。江南の強情な瞳とギュッと引き結んだ唇が、そう訴えている。

「……お前、今日、ちょっと変だぞ」

一応軽く文句を言うものの、篤臣は仕方なく、まだパジャマの胸元を広く開けたままでベッドに入った。

江南に並んでベッドに半身を起こし、もう一度「なんだよ」と水を向けてやる。

すると江南は、いつもよくするように篤臣の肩を緩く抱いた。どうやら、さっきほど深刻な悩みではないらしい。

篤臣は少し安心して、江南のがっしりした肩に軽くもたれかかった。江南が篤臣の肩を抱くときは、どこにも行かず傍《そば》にいて、甘えてくれ……あるいは甘やかしてくれというサインだからだ。

もう暖房は入れていないが、春とはいえ、緯度が高いシアトルだけに、夜はまだまだ冷え込む。寄り添った互いの温《ぬく》もりが、不思議なくらい優しく身体に染みた。

荷造りでくたびれていて、正直を言えばさっさと眠ってしまいたい。それでも篤臣は、身体が温まると同時ににじり寄ってくる睡魔を追い払い、至近距離で江南の端正な横顔を見ながら口を開いた。

「とっとと言えよ」

江南は、前を向いたままでボソリと答える。

「お前、アホ違うかて笑うかもしれへんけど」

野性的な江南の顔が、決まり悪そうに顰《しか》められる。篤臣は笑って先を促した。

「ばーか、お前が馬鹿なのは今さら指摘するまでもねえや。笑いもしねえよ。ちゃんと聞いてやっから、まだ悩みがあるんなら、ぶちまけて楽になっちまえ。なんだ?」

それでもしばらく黙って篤臣の肩を温めるように撫《な》でていた江南は、ぽつりと言った。

「帰国しようて言い出したんは俺のほうやのに、おかしい言いぐさやねんけどな。そこに積んである段ボール見とったら、急に寂しゅうなった」

「は? 寂しい?」

「ああ」

「そりゃまあ、俺だって、語学学校の先生とか、こっちでできた友達ともう会えなくなるかと思うと寂しいけどさ。お前、今の職場にそんなに愛着あんのかよ。そんなふうには見えな……」

「そうやない」

穏やかだがきっぱりと遮られ、篤臣は口を噤む。江南は、顔の向きは変えず、横目で篤臣をチラと見て言った。

「日本に帰ってしもたら、また前と同じような生活が始まるんやなって思てな」

「……お前はな。俺はまだ、元の職場に戻れるかどうか、返事もらえてねえけど」

「城北《じょうほく》教授やったら大丈夫やろ」

「たぶんな。まあ、あんまり心配せずに、おとなしく待ってるとこだ。……で、前みたいな生活に戻るとして、それがどうかしたのかよ」

江南はその反応に、ちょっと不満げに唇を尖《とが》らせた。

「どうもせん。せやけど……帰国したら、こんなふうに二人でのんびり過ごせる時間は減ってしまうんやなって思たら、寂しゅうなったんや。悪いか」

最後の一言とともに、江南は顔ごと篤臣のほうを向いて、きつい目で篤臣を睨む。キョトンとしていた篤臣は、数秒後、プッと噴き出した。

「な……やっぱり笑うんやないかっ！」

ムッとした顔で篤臣から離れようとした江南のジャージの胸元を摑んで制止し、それでもまだ肩を震わせながら、篤臣は涙目で謝った。

「わ、わ、悪ぃ。だってさっきの今だぜ？　今度はどんな深刻な悩みかと思ったら、そんなことかよ」

「そんなことて、いちばん大事なお前のことやないか！　さっきの教授選より、俺にとっては深刻や！」

ムキになって江南は言い返してくる。いつもはクールな青年医師を気取っている彼の、こんな駄々っ子のような一面を知っているのは篤臣だけだ。こんなふうになりふりかまわず甘えてくるのも、篤臣にだけ……。

その事実だけで、篤臣のささやかな独占欲は百二十パーセント満たされてしまう。

我ながら安上がりすぎる……とちょっと自嘲《じちょう》気味に思いつつ、篤臣は、胸元を摑みついでに両腕で江南の広い背中を抱いた。

「だいたいお前はどう……！」

お前はどうなんだと問いつめかけたところでギュッと抱かれ、江南は恋人の珍しい振る舞いに、驚いて言葉を飲み込んだ。

人並外れて恥ずかしがり屋の篤臣は、なかなか自分から愛情を示そうとしない。そんな篤臣が、自分から身体を近寄せてくれることが、何よりの返答なのだ。

「なあ、篤臣」

江南は、決して華奢《きゃしゃ》ではないが、それでも自分よりは一回り小さな篤臣の身体を抱き返し、より近くに引き寄せた。

「わかっとるんや。元の生活に戻ったからいうて、俺らの関係まであの頃に戻るわけやないっちゅうことは」

江南の胸に頬を押し当て、篤臣はもそりと頷く。柔らかな猫っ毛に顎をくすぐられながら、江南は低い声で喋り続けた。

「せやけど、外科に戻ったら俺はオペやら急患やら当直やら術後の経過観察やらで、また家を空けることが増える。休みかて、なかなか予定どおりには取られへん」

「……うん」

「臨床の仕事は好きや。戻れるんは心底嬉しい。せやけど、そのせいで、またお前に寂しい思いをさせてしまうんやな……て思うと、つらいんや」

「江南……」

「せっかく作ったのに冷えてしもた晩飯を前に、しょぼーんとしとるお前とか……でっかいベッドでひとりで寝てるお前とか、遊びに行く約束しとったのに、俺が仕事でドタキャンしたせいでふてくされとるお前とか……。そういうんを想像すると、たまらん気分になってしもてな」

「………」

「……また、ひとりでグルグル考えてアホ言うなて、さっきみたいに怒るか？」

「……怒らねえよ、馬鹿」

江南の声を、耳と厚い胸板ごしと両方から聞きながら、篤臣は江南を抱く腕に力をこめた。

「俺だって、それだけは残念……ってか、ち、ちょっとだけ寂しいと思ってる」

「ホンマか？」

「だって……。この二年ちょっと、毎日お前の顔見て、夜は一緒に飯食って、毎晩一緒にベッドに入って、休みの日はほとんどずっと一緒に過ごして……。二人でいるのが当たり前だったもんな」

「……ああ」

「一緒にスーパー行ったり、散歩に出かけたり、昼までダラダラ何もせずに寝転がってたり……そういう普通のことが、なかなかできなくなるんだなって……。正直言えばさ、今日、荷造りしながらそんなこと考えて、ちょっとだけブルーになった、俺」

「篤臣……」

「ガキみたいだよな。……でも、俺も同じだ。帰りたいけど、帰りたくない。そう思った。でも、いつまでもぬるま湯みたいな生活してるわけにはいかねえもんな。お前も俺も、仕事をする気がある以上、腕が鈍りすぎないうちに戻らなきゃ」

「せやな」

節くれ立って長い……そのくせ繊細な外科医の指が、慰めるように篤臣の髪を梳《す》く。そんな不器用な労《いたわ》りが、篤臣には何より心地《ここち》よい。

「ここでの時間は、神さまがくれた幸せな夢みたいなもんだった。でもさ、江南。夢ん中でも、俺たち、確かに変わった……成長したよな？　いろんなことがあったし、いろんな話をしたし、いろんなとこへ行ったし」

柔らかな髪を指に巻きつけ、ほどき、梳く……そんな江南の手の動きが、言葉より雄弁に篤臣の問いかけを肯定している。だから篤臣は、安心して言葉を継いだ。

「だから、安心して現実世界に戻っていける。……ホントだぜ？　そりゃ、お前と今みたくずっと一緒じゃないのはちょっと不安だし……その、寂しいけど。でも、前みたいにお前のこと疑ったり、ヒステリー起こしたりはしねえ。だって……その、なんだ」

甘えるように鼻先を江南の胸に押し当て、篤臣はボソリと言った。

「身体は違うところにいても、心はいつだって一緒だって……思ってっから、俺。だからお前のこと、信じられるんだ。……って、な、何言ってんだかな、もう。お前に感化された、俺まで恥ずかしいこと言ってどうすんだよ。もう寝……わッ」

自分で自分の台詞《せりふ》に辟易《へきえき》した篤臣は、慌てて江南から離れ、ベッドに潜り込もうとした。

「待たんかい」

だが、江南は光の速さで篤臣が被《かぶ》ろうとした布団を引き剝《は》がし、ギョッとして逃げを打つほっそりした身体を易々《やすやす》と組み敷いた。

「な……なんだよ……」

戸惑う篤臣の顔を真上から見下ろし、江南は顔を歪《ゆが》めるようにして笑った。

「アホ。もう台無しやないか」

「な、何がだよ」

「お前、えらい疲れとるみたいやから、うんと甘やかして、ぐっすり寝かして、明日の朝飯は俺が支度したろ……とか思いやり計画を発動しとったのに」

「……続行すりゃいいじゃねえか」

「計画は続行するけど、あいだに一つ、やることが挟まってしもた。お前があんまり可愛いこと言うたせいやぞ」

そう言いながら、早くも江南の手は、途中までしか留めていなかったパジャマのボタンを、プチプチと外していく。

「な……何を人のせいにしてんだッ！　俺は眠いんだよ！　どけっ」

篤臣は江南を押しのけようとした。だが江南は、どっしりと容赦なく体重をかけ、篤臣を押さえ込む。

互いの身体が布ごしに触れ合った。二人分の体重を一箇所に受けて、柔らかすぎるスプリングが鈍く軋《きし》む。

「俺も眠い。せやけど、さっきの一言が胸だけやのうて、ジュニアにも来た。もう、どないもならん」

「あ、あ、あのなあ。俺は疲れて……あっ」

パジャマの前がはだけられ、大きな手が篤臣の薄い胸を這《は》う。爪の先で胸の頂を弾かれ、篤臣の身体がピクンと震えた。

「…………」

篤臣は、無言で悔しげに江南を睨み上げた。

真上からのしかかられているせいで、互いの下半身が密着している。江南のそれは、言葉に違《たが》わずすでにその存在を主張する硬さを誇っていた。

「疲れとるときは、かえってええっちゅうで、篤臣。……もう、半分その気やろ？」

わざと耳に息を吹き込むように、江南は笑いを含んだ声で囁《ささや》く。江南が自信たっぷりにそう言う理由は、篤臣にも嫌になるほどわかっていた。

「くっ……、の、やろっ」

江南に煽《あお》られ、篤臣のそれも、ごくわずかではあるが頭を擡《もた》げつつあったのだ。それをことさらに篤臣に思い知らせるように、江南は篤臣の腰の下に手を差し入れ、ぐっと互いの熱を密着させる。

「やめ……ぅ」

篤臣が焦って抗議の言葉を吐き出そうとするのを、江南は強引なキスで妨げてしまった。

「ふぅ……う、んっ……」

不意を突かれて、息継ぎが上手くできないのだろう。篤臣は苦しげに鼻にかかった声を漏らす。

それにかまわず、江南は篤臣の唇を荒々しく貪《むさぼ》った。

空気を求めて開いた口を塞《ふさ》ぎ、逃げようとする舌に自分の舌を擦《こす》り合わせ、絡ませる。舌先で歯の裏側をなぞると、くすぐったいのか、篤臣は自分の舌で阻止しようとした。

本人は絶対に認めないだろうが、篤臣は少しだけ乱暴にされるほうが燃えるらしい。江南の挑発に乗り、篤臣は自分も激しいキスを仕掛け返してくる。

互いの口の中で追いかけっこのようなじゃれ合いを延々繰り返し、抱き合ったままベッドの上で何度もゴロゴロ転がってから、江南はやっと篤臣の唇を解放してやった。

「っ……は……はあ……ッ。れ……レスリングかよ」

喘《あえ》ぎながら、篤臣は恨めしげに江南を睨む。その濡《ぬ》れて開いた唇を、江南は舌先でチロリと舐《な》め、薄い下唇を甘噛《あまが》みした。

「俺はレスリングやのうて、セックスがしたいねんけど……嫌か？」

互いの鼻先を軽くくっつけながら、江南はそんな今さらの問いを投げかけてくる。当然、ずっと触れ合ったままのそこが、嫌だと言うに言えない状況に陥っていることを承知の上で、篤臣をからかっているのだ。

「ここまで来て否も応もねえや、馬鹿野郎」

篤臣は江南のうなじに手を置くとグイと引き寄せ、自分から噛みつくようなキスをして怒鳴った。

「とっととやって、早く寝かせろってんだ！」

「……へいへい。相変わらずデリカシーのないやっちゃ」

にやけた顔でぼやきつつ、江南は篤臣の中途半端に脱げていたパジャマを剝ぎ取った。篤臣も、江南のジャージを無造作に脱がせる。

互いに一糸まとわぬ姿で再び抱き合うと、言いようのない安堵《あんど》感に包まれる。二人はどちらからともなく、もう一度……今度はもっと軽いキスから仕切り直した。

最初は唇を触れ合わせるだけ……それを何度も角度を変えて繰り返すうちに、キスはどんどん深く、忙《せわ》しくなっていく。

「んっ、ふ……んっ！」

そのあいだにも、江南の勤勉な手は、篤臣の身体をくまなくまさぐり、あちらこちらに火を点《つ》けていく。

余裕のあるときの江南は、とにかく篤臣が乱れるさまをじっくり楽しみたがるのだ。触れてほしいポイントを微妙にずらされ、無意識の催促で、篤臣はもどかしげに身体を捩《よじ》る。

「……わかっとるて」

その媚態《びたい》に満足げに舌なめずりして、江南は唇を顎から首筋、そして胸元へと滑らせていく。

さっき、指の愛撫《あいぶ》で硬くなった胸の尖りをねっとり舐め上げると、ほっそりした身体がしなやかに反り返る。

「っは……あっ！」

もう一方は指先でくじるように愛撫してやると、篤臣は息を乱し、声を我慢しようと唇を噛んで頭を振る。

もう何度身体を重ねたかわからないほどなのに、篤臣はいまだに恥じらいを捨てることができず、ギリギリまで声を出すまいとする。

その必死で耐える表情が、江南の嗜虐《しぎゃく》心をどれだけ煽るか、いつになっても気づかないらしい。

「声……聞かせろや」

さんざん唇と歯と舌で嬲《なぶ》った淡褐色の尖りに軽く歯を立てたまま、江南は意地の悪い笑みを浮かべる。

「んな……こと、言うなッ」

執拗《しつよう》な愛撫ですっかり敏感になった尖端《せんたん》が、江南の息でヒンヤリした。それすらも腰に集まった熱を高める結果となって、篤臣は息を詰める。

それでもまだ声を堪《こら》える篤臣に焦《じ》れたように、江南はすでに勃《た》ち上がりつつある篤臣のそこに触れた。故意に、ギュッと握って強めに擦ってやる。

「ああっ」

突然の強い……痛みすら伴う刺激に、篤臣は抑えきれず、高い声を上げてしまう。一度、高い堰《せき》を越えてしまうと、あとはもうなし崩しだった。

「は……ん、あ、ぁ……っ」

慣れた手が、緩急をつけて篤臣の熱塊を追い上げていく。尖端からは滴が溢れ、江南の手を汚した。

くちゃ……と粘る液体を弾く音が、篤臣の羞恥《しゅうち》を煽る。いいように高められていく自分が口惜しくても、篤臣にはもうどうすることもできない。

「……ん……っ、ふ……うっ」

江南の手の動きに合わせて、自然と篤臣の細い腰が揺れた。

「ちょ……も、やば……」

「かめへん。……ちょい久しぶりやからな。……お前、いっぺんイッといたほうが楽やろ」

「ん……ッ、あ、あっ」

いつもは何度も絶頂をはぐらかす江南だが、今日は真っすぐに篤臣を追いつめる。

「は、ああ……ッ！」

呆気《あっけ》なく江南の手の中に白濁を吐き出した篤臣は、グッタリと枕に頭を埋めた。切迫した荒い息を吐きながら、片腕で顔を隠してしまう。自分ひとりが痴態をさらしたということに、いたたまれない思いをしているのだ。

「くそ……俺ばっか……ずるい」

荒い息の合間に悪態をつく篤臣に喉声《のどごえ》で笑いながら、江南は篤臣の足首を摑み、持ち上げた。篤臣は、顔を隠したまま文句を言う。

「待てよ、もう、ちょっと……」

「心配せんでも、まだ突っ込まへんて」

上機嫌な声でそう言われたと思うと、内股《うちまた》から膝《ひざ》、そしてふくらはぎ……と、音を立ててキスされる。

馬鹿な戯れを……と思いつつ、どうにか息を整えようとしていた篤臣は、ギョッとした。突然、ヌルリとしたものが足の親指を包み込んだのだ。

「……な……っ?」

その異様な感覚に、思わず腕をどけた篤臣は……文字どおり仰天した。篤臣のすらりとした足を持ち上げた江南が、親指をすっぽり口に含んでいたのだ。

「何やってんだ、馬鹿!」

江南には、これまで不本意ながらあちこち舐め回されてはきたが、そんなところをくわえられるのは初めてのことだ。篤臣はただでさえ上気していた顔を真っ赤にして暴れた。

「よせっ! き、汚いだろがっ」

「お前の身体に、汚いとこなんかあれへん。……可愛い親指やないか」

「いい年の野郎をつかまえて……可愛いとか言うな! あっ」

必死でもがこうとした篤臣だが、爪のつけ根に軽く歯を立てられ、その途端、ゾクゾクと奇妙な興奮が背筋を駆け上ってきて、小さな声が上がってしまう。

「何……?」

親指だけでなくひとさし指、中指……とねっとり舐め、しゃぶられるたび、むず痒《がゆ》い快感がさざ波のように押し寄せてきて、篤臣は困惑した。萎《な》えていたものが勝手に反応してしまい、自分が感じていることを隠すすべすらない。

「……くっ……う……」

羞恥に耐えかねて顔を背けても、江南の視線をありありと感じる。

「やっぱり感じるんか」

まるで実験中の科学者のような口調で問われ、あまりの恥ずかしさに、篤臣の目尻《めじり》には涙が滲《にじ》んだ。

「や……めろよ、こんな……の……！」

だが江南は、篤臣の足の裏にチュッとキスして、楽しげにこう言った。

「ホムンクルスや」

「あ？」

「ペンフィールドのホムンクルス。講義で習ったやろ。覚えてへんか？」

「……あー……？　聞いたような聞かなかったような。……つか、それがなんだよ」

なんだかよくわからないが、とにかく喋っているあいだは、足指を舐められる心配はない。そのことにいささかホッとしつつ、篤臣は問いかける。

江南は、まるで講義するような調子で、篤臣の足を持ったまま言った。

「大脳中心溝《だいのうちゅうしんこう》の後ろ側にある、体表面の知覚を司《つかさど》る部位の地図やないか。脳みそのどの

あたりが、身体のどの部分の感覚を支配しとるかっちゅう」

「ああ……そういや、解剖で習ったな。あの、脳の表面に沿って、変な格好の人間の絵がにょーんと描《か》いてあるやつだろ……？」

「せや。あの図、思い出してみい」

「無茶言うなよ。ぼんやりは思い起こせるけど、大昔、教科書で見たっきりだぜ？　覚えてるわけないじゃん」

「アカンなあ」

江南はニヤニヤ笑いながら言った。

「あの支配域の地図によると……やな。足の知覚と、生殖器の知覚が隣接しとるんや」

「……………」

ようやく江南の言わんとするところを察し、篤臣は憮然《ぶぜん》とした顔で江南を睨む。

江南は、空いた手の指先で、篤臣の足の親指をつっついて言った。

「ただし、支配領域いうんはあんまり厳密やのうて、神経繊維が隣同士で混ざっとったりするらしいからな。っちゅうことは……」

「……………」

「足の指を舐められたら、下半身にズギュンと来ても、理論的には不思議やないっちゅうこっちゃ」

「……あのなあ……。何もそれを、俺で、今、試さなくてもいいだろうが！」

「急に思い出したんや。善は急げっちゅうやろ」

「全然、善じゃねえ！　……っ」

罵倒《ばとう》の言葉を、篤臣はウッと呑《の》み込む。江南が再び足の親指を口に含んだからだ。生暖かい口腔《こうこう》の中で、熱い舌が丸い指先を舐め上げる。

その刺激に、喋っているあいだに落ち着きつつあった篤臣の楔《くさび》が、嫌気が差すほど素直に震える。

「な、足とコレが連動しとる。おもろいな」

心底楽しげに、江南はもう一方の手で、重力に逆らい始めた篤臣の芯《しん》に触れた。

「……こ……の野郎ッ！」

怒りに任せ、篤臣は自由になる左足で江南を蹴《け》りつけてやろうとした。

だが、そんな行動は予測済みだったのだろう。江南は、自分に向かって突き出される足を楽々と受け止め、結局両足を縛《いまし》めて、篤臣の自由を容易く奪ってしまった。

「ちくしょっ、もう今日はやめだ、離せ！」

「アホ。お前はええかもしれんけど、俺はまだいっぺんもイッとらん」

「自分でなんとかすりゃいいだろっ！」

「……つれないこと言うなや」

よいしょ、と江南は捉《とら》えた篤臣の両足を肩に担いだと思うと、持ち上がった腰の奥……普段は秘められた場所に触れた。

「ッ！」

さっき篤臣の放ったものを絡めた指は、ヌルリと生き物のように侵入してくる。長い指に熱い内壁を擦られると、このあとに起こることを身体が勝手に思い出し、ゴクリと喉が鳴った。

「あ……あ、あっ……！」

指が増やされ、かき回すような動きが激しくなり……。ピリッという、口でコンドームの封を切る音を聞きながら、篤臣はもはや強引な征服者を罵倒する余裕もなく、激しい熱の渦に引きずり込まれていった……。


いつもはことが終わるとすぐにバスルームへ行ってしまう篤臣だが、その夜は、床に散らばったパジャマを拾い集めて身につけ、そのままベッドの中にいた。

シャワーを浴びるには、あまりにも疲れすぎていたのだ。

篤臣がうるさく言うので、とりあえず下着だけ身につけた江南は、そんな篤臣のうなじに手を差し入れ、自分のほうに引き寄せる。

さっきまでの激しい渇望が去り、ただ穏やかな温もりに包まれて眠りに落ちていく。そんなひとときが、篤臣は好きだった。

「篤臣。……お前は俺の灯台や」

心地よいまどろみに沈みかけていたとき、不意に、そんな言葉が耳に吹き込まれる。

篤臣は、江南の声をどこか遠くで聞いているような気分で、ぼんやりと問い返した。

「……とう……だい？」

「せや。東京大学違うで、海辺で光っとるほうや」

汗が引きつつある篤臣の背中を優しく撫でながら、江南は篤臣の耳元で低く囁いた。

「お前が行く先を照らしてくれるから、俺は自信を持って進んでいける。お前が優しゅう光りながら待っとってくれるから、俺は帰るところを間違わんで済む」

「うん……？」

トロンとした目を開き、ぼんやりと自分を見ている篤臣の額に、江南は小さなキスを落とした。

「お前がおらんかったら、俺は幽霊船みたいに、ふらふら彷徨《さまよ》うばっかしや。お前が一緒におってくれたからこそ、この二年ちょい、俺はちゃんとやってこられた。何もかも、お前のおかげや。……ホンマにありがとうな、篤臣」

「……ん……。なんで今……んなこと改まって……言ってんだよ」

「お前が寝ぼけとるときに言わんと、お互い恥ずかしゅうてたまらんやろ」

「……そう、かも……な」

半ば眠ってしまいながらも、篤臣は律儀に相槌《あいづち》を打つ。その舌っ足らずな物言いに、江南は笑って言った。

「ま、俺がなんや一生懸命礼を言うとったくらいに、起きたとき覚えとってくれたらええ。……引っ張って悪かったな。ぐっすり寝ぇや」

「んー……」

むにゃむにゃと口の中で何やら呟きつつ、篤臣は江南の肩口に顔をすり寄せる。えなみ、だか、おやすみ、だかわからない一言を言い終えないうちに、篤臣は安らかな寝息を立て始める。

「俺も寝るか。明日はお前よりはよ起きて、朝飯作ったらんとやしな」

その子供のようにあどけない寝顔をいつまでも見ていたいと思いながらも、江南も睡魔に抗しきれず、渋々瞼を閉じたのだった……。


そして、慌ただしく日々は流れ……。ついに二人が帰国する日がやってきた。

すでに荷物は業者によって運び出され、家の中はガランとしている。

起きてからもう二時間になるが、口にしたのはペットボトルの水と、昨夜《ゆうべ》買っておいたデニッシュだけ。

もう食器もカトラリーも調理器具もないので、コーヒーすら淹《い》れられないのだ。まともな食事は、空港に着くまでお預けというわけだった。

表で、クラクションが鳴った。迎えのタクシーが到着したのだ。

シアトルに来たとき購入して、ずっと二人の足になってくれた小さな青い車は、三日前、友人のひとりに引き取られていった。おそらく、末永く可愛がってもらえるだろう。

篤臣は、今はただの四角い部屋になってしまったリビングルームを見回した。

(そこにソファーがあって、テーブルがあって……。そっちにマガジンラックがあって。あそこにはでっかい鉢植えを置いてたな)

大きな家具はすべて処分してしまったので、もう、二度と目にすることはない。それでも篤臣は、瞼の裏にそれらが置かれた部屋の様子を、ありありと思い浮かべることができた。

何度も江南と並んで腰かけた……そして迂闊《うかつ》にもそこで行為に及んでしまったことすら何度かあるソファーの座り心地を思い出すと、篤臣はついセンチメンタルになってしまう。

だが、そんな気分を吹き飛ばしたのは、江南の張りのある声だった。

「おい、何ぼーっとしとんねん。もう行くで。忘れもんあれへんな?」

いつも背中を押してくれる相棒の声に、篤臣は笑顔で振り向いた。

「ねえよ。お前こそ大丈夫か?」

「アホ。俺はしっかりお兄さんやぞ」

江南は快活な口調でそう言い、二人分のスーツケースをゴロゴロと押して篤臣の横に立った。

「どないした？」

探るように問われて、篤臣は照れくさそうに答えた。

「とうとうこの家とお別れなんだと思うと……な」

「ああ？」

「いい思い出をいっぱいくれてありがとう、って家に言いたい気持ちになってた」

「……せやな。風呂以外、申し分ない家やった。……おい。ありがとうな。そんで、次の住人のことも、俺らみたいに幸せにしたってくれや」

江南は、生きている人に言うように、天井を向いて家に感謝の言葉を投げかける。篤臣も、小さな声で「ありがとう」と呟いた。

「ほれ、行くで。タクシーが待ちくたびれて帰ってまう」

江南は篤臣の髪をクシャッとかき回すと、スーツケースを両手に提げて外に出た。篤臣も、深呼吸を一つすると、そのあとに続く。

二人はそんなふうにして、アメリカでの日々に別れを告げたのだった……。

＊　＊

「あー！　ちょっと、永福君。泳動槽《えいどうそう》の蓋《ふた》、ちゃんと閉めてよ」

少し離れたところから飛んできた小言に、篤臣はあっと声を上げて立ち上がった。

「いけね、忘れてた」

慌てて電源を切ってから、泳動槽に蓋をし、電極にコードを繋《つな》ぎ直す。その様子を見て、歩み寄ってきた白衣の女性は苦笑いして言った。

「さすがに二年以上のブランクはきついわね。それとも、まだ時差ぼけ？」

「もう帰国して二週間経《た》つんだから、時差ぼけはとっくに直ってます。虐《いじ》めないでくださいよ。リハビリ中なんですから、俺」

篤臣は照れくさそうに笑みを返し、手にしたピペットマンをかちかちと動かしてみせる。

そう、篤臣は、無事に元の職場……法医学教室に再就職することができた。ポジションも、以前と同じ助手である。

さすが人の動きの少ない基礎系医学の教室と言うべきか、教室のメンバーも以前と少しも変わっていなかった。

定年まであと三年となった城北教授は、古木のように鷹揚《おうよう》な態度で、「まあ、頑張りなさい」と篤臣を迎えてくれた。

そして、彼の傍にいる女性は、もちろん中森美卯《なかもりみう》……教室の講師で、篤臣の直接の上司である。

かつて、江南と篤臣が上手くいかずにギクシャクしていた頃、美卯はさりげなく、しかしかなり強力にサポートしてくれた。

美卯の助言がなければ、篤臣が江南と恋人同士になることはなかっただろうし、江南についてアメリカに行くこともなかったかもしれない。つまり二人にとっては、美卯は誰よりも「恩人」と呼ぶべき人物なのだった。

そんな、はからずも江南と篤臣のお姉さん役を果たすはめになった美卯自身は、相変わらず独身である。

美人なので、着飾れば相当のものだろうと篤臣は思うのだが、本人は外見を飾ることにまったく興味がないらしく、いつも化粧っけのない顔で歩き回っている。

あらゆる意味で、篤臣が知る中では、最も「男前」という形容詞が似合う人物だった。

「でも、解剖の手順を忘れてないのは偉いと思ったわ。アメリカでシャドウ解剖でもしてたの？」

篤臣と背中合わせに座った美卯は、遠心分離済みの血液から、白血球の薄い層を分離しながら問いかけてくる。篤臣は、エッペンドルフチューブの蓋を閉めながら答えた。

「ボクシングじゃあるまいし、シャドウ解剖はないでしょう。イメージトレーニングは、さすがにたまにやりましたよ。忘れたらどうしようって、不安でしたから」

「そうよね。でも、帰ってきてくれて嬉しいわ。もう、行ったっきりかと思ってた」

「はあ？」

「だって江南君、アメリカなら永福君を独り占めじゃない？　いっそ永住するって言い出すんじゃないかと思ってたわよ」

美卯のからかいに、篤臣はどちらかといえば甘いと評される顔を、思いきり顰めた。

「冗談じゃないですよ。俺、江南の扶養家族になる気は毛頭ないですからね」

「でしょうね」

美卯はクスクス笑い、うーんと伸びをした。広い実験室の壁の一面は、ずらりと窓が並んでいる。そこからふんだんに日が差し込むので、エアコンを入れていても、室内はぽかぽかと暖かかった。

「梅雨《つゆ》の晴れ間ねえ。こんな日は、仕事なんてせずに、どっか遊びに行きたいわ」

「俺もですよ。でも、その試料、処理急ぐんでしょう？　俺、これ風呂に入れたら手が空きますから、そっち手伝いますよ」

篤臣は酵素を入れ終わり、しっかり蓋をしたチューブを風呂……もとい恒温槽《こうおんそう》にセットすると、美卯の隣に腰かけた。

彼女の前には、百はあろうかという血液サンプルがズラリと並んでいる。

「助かるわ。南米の少数民族の血液なの。できるだけ早くDNAを抽出して、タイピングをやっちゃわなきゃ」

「南米？　なんでまた、そんなところの」

「城北先生が、S大の教授から頼まれたのよ。仲良しさんだから安請け合いしちゃって。こっちの都合も訊《き》いてほしいわよね」

「あーあ……」

「はい、こっちお願い。今、どんどん遠心かけてるから」

「……まだあるんですか？」

「全部で四百ちょい。さくさくやらないと終わらないわよ」

「うあ……。しまった。うっかり手伝うなんて言うんじゃなかったな」

「そう言わないで。とりあえずあと一時間頑張ってくれたら、お昼にアイス奢《おご》ったげるから」

「俺の時給は二百五十円ですか」

「何をハーゲンダッツ食べる気になってんの。百円に決まってるでしょ」

「ちぇ。ケチだなあ」

苦笑いしつつも、篤臣は手際よくスポイトに短く切ったストローを差し込み、血液の入ったチューブに手を伸ばす。

しばらく二人は無言で単調な作業を続けていたが、やがて美卯が口を開いた。

「そういえば、今頃江南君はオペ室かしら」

篤臣は、スポイトを持ったまま肩を竦める。

「どうだか。医局に戻るなり、前と全然変わらずもりもり働いてるみたいですよ。さすがにまだ身体がついてこないらしくて、ヨレてますけどね」

「あらあら。また、夫婦の危機になるんじゃないの、そんなんじゃ」

「……またそうやって虐める。なりませんよ。やましいことをするような余裕はありませんからね、今のあいつには」

どこか余裕のある口ぶりでそう言う篤臣を、美卯は横目に見て笑った。

「外国生活で、ずいぶんと自信がついたのね?」

篤臣は、照れたように首を傾げる。

「自信ってか……。くそ、美卯さんにはいろいろ迷惑かけたから、頭が上がんないですよ。とりあえず、もうあんなふうにジタバタすることはないですから、安心してください」

「そうお願いしたいわね。ただでさえ人が少ないのに、使い物にならなくなられちゃ困るわ」

相変わらずの無愛想さで美卯がそう言ったとき、実験室の扉が開いた。

「失礼します。中森先生、PCR室使わせていただいても……お？　永福？」

顔を出したのは、パリッとした白衣を着込んだ青年だった。神経質そうなほっそりした顔をして、フレームレスの横長レンズの眼鏡をかけている。

彼は、篤臣を見て、目を見張った。篤臣のほうも、驚きの声を上げる。

「あれ、楢崎《ならさき》？　すっげえ久しぶりだな。お前、こっち戻ってたのかよ」

それは、篤臣の同級生、楢崎だった。卒業後は、実家のある群馬《ぐんま》に戻ったと聞いており、同窓会でも一度も会ったことがない。

「ホントに久しぶり……つか、お前、学生時代と全然変わんないジュリエット顔だな」

楢崎は、悪気のない口調でそんなことを言った。

「ジュリエットの話はすんなっ！」

篤臣は即座にふてくされる。

二人は学生時代、特に親しかったというわけではない。だが、五年生のときに篤臣が披露した伝説の女装は、楢崎に強い印象を与えたらしい。

美卯は二人を見比べ、「ああ」と納得顔で頷いた。

「そっか、二人はタメなんだっけ。楢崎先生は、消化器内科からのもらわれッ子よ」

楢崎は、そうそう、と人当たりのいい笑顔で頷き、空いたスツールに腰かけた。

「親父が病気でやばくてな。で、卒業してすぐ地元に戻ったんだけど、これが見事に復活し

ちまって。当分、殺しても死にそうにないから、去年こっちに戻ってきたんだ」

「そうだったのか。で、なんでここに?」

「年明けから、空いた時間にちょこちょこ研究させてもらいに来てるんだ。お前の相方がいる消化器外科と違って、内科のほうは兵隊も多いし、わりに暇なんでな」

楢崎は実にさりげなく、「お前の相方」と言った。篤臣はギョッとして、楢崎のどこか銀行員めいた涼しい顔を見る。

「な……なんだよ、その相方ってのは」

楢崎は、眼鏡を押し上げて不思議そうに首を傾げる。

「うん? だって、そうなんだろ?」

「だろって……」

「去年の同窓会で、話題沸騰だったぜ? 『ロミオとジュリエット』コンビが、本当にカップルになって一緒にアメリカ行ったたって。駆け落ちでも逃避行でもなく、留学だけどって」

「ぐわ!」

篤臣の喉から、踏み潰《つぶ》された蛙《かえる》のような奇声が漏れる。美卯は作業机を叩き、声を上げて笑った。

「あははは、そりゃそうよね。医者の世界はただでさえ狭いのに、同級生はたったの百人だもん。退職して、相手の留学についていくなんて思いきったことをしちゃったら、噂《うわさ》にしてちょうだいって宣言したようなもんよ、永福君」

「うあああ……」

動揺する篤臣とは対照的に、楢崎は、しごく普通の顔で頷く。

「そうそう。でもみんな、やっぱりそうかーってあっさり納得してた。お前ら、学生時代からベッタリ仲良かったもんな」

「そ、そ、そ、そんな……」

「慌てなくても、恋愛は自由だからいいじゃないか。それに堂々とお揃いの指輪してるくせに」

「うっ……」

手袋の下の指輪を目ざとく見つけられ、篤臣はなすすべなく赤面した。

職場に復帰するとき、篤臣は結婚指輪を外そうかどうしようかと少し迷った。江南との関係を恥じたり隠したりするつもりは毛頭ないが、ことさらに二人の仲を吹聴して歩くこともなかろうと思ったのだ。

だが、江南は平然と指輪をして出勤しているし、外してしまうのは相手への裏切りのような気がして、どうにも気が咎《とが》める。それで結局、嵌めたままでいるのだった。

「そりゃまあ……べ、べつに邪魔にもならねえし」

モゴモゴと弁解する篤臣を見て、楢崎は眼鏡の奥の目を和ませた。

「うちの患者を外科に送るとき、よく江南に会うんだけど、アイツが指輪してるの見てさ。お前もかなって思ってチェックしただけだ。特に目立つわけじゃない。気にするな」

「……おう」

「それにしたって、江南の奴も大変だな。帰ってくるなり教授選だろ？」

「……あ……」

篤臣は、ハッとして楢崎を見た。美卯も、興味深そうに楢崎に問いかけた。

「あ、そうよね。うちの教授も、基礎の票の取りまとめがどうとかって、しょっちゅう教授室で密談してるわよ。投票、いつなんだっけ？」

「再来週の木曜日らしいですよ」

「へえ。城北先生は法医の教授だけあって口が固いのよね。何も教えてくれないの。基礎には、あんまり情報は流れてこないし……。ねえねえ楢崎君、ホントのとこ、岡沢助教授と小田講師、どっちが有利なの？」

色気がないとはいえ、やはり美卯も女性、ゴシップは好きらしい。自分が知りたいことを代わりに訊《たず》ねてくれるので、篤臣にとってはありがたいことこの上ない。

楢崎は、少しも考えることなく即答した。

「そりゃ、岡沢助教授ですよ」

篤臣はギョッとしたが、何も言わずに二人の会話に耳を傾ける。美卯は足を組み、浮いたサンダルのつま先をピコピコと動かしながら言った。

「やっぱりそうよねー。あんだけアカデミックで見栄えがよくて、メディアで大人気だもん」

「ええ。それに岡沢先生は天下のT大出身ですから、派閥的にもH医大出身の小田先生より断然有利ですよ」

「ふーん。でもさ。腕のほうはアレなんでしょ。小田先生は上手いけど、岡沢先生はヤバイって噂に聞いてるわよ?」

楢崎は、苦笑いで片手を振った。

「オペの腕前なんて、今の大学のシステムじゃ、カウントされませんよ。論文の数とインパクトファクター、あとは主に政治力が問題なんじゃないですかね」

「ふーん。……ホントにちっちゃい国会みたいね、臨床の人事って。料亭で密談したり、派閥がどうこうとか言ったり。臨床の教授の椅子って、そんなに魅力的なものなのかしら」

美卯は呆れ顔で唸《うな》る。楢崎は篤臣に水を向けた。

「江南から何か聞いてないのか、永福。江南は、どっちについてんだ?」

篤臣は、ボソリと答える。

「小田先生だよ」

「あー。あいつらしいな。小田先生、外科医としちゃピカイチだっていうもんな」

「ああ。尊敬してるって言ってた」

余計なことを言うまいと、篤臣は用心深く簡潔に答える。楢崎は、癇性《かんしょう》なまでに綺麗に剃《そ》り上げた顎を片手で撫でながら言った。

「師匠として尊敬する分には最高の人だろう。患者を内科に引き渡してからも、ちゃんと経過を訊いてくるし、患者の評判もいい。……アレだろ、正直なとこ、教授も、ホントは後継者は小田先生だと思ってるらしいぜ。自分が育て上げた人だし」

「そうなのか？　だったら、どうして岡沢助教授が有利になるんだよ」

「脳梗塞の後遺症のせいで、教授が思うように応援に奔走するってことができないからなあ。それに、小田先生は圧倒的に論文の数が少ない。どう見ても不利だろ。なんで岡沢助教授相手に出馬する気になったんだかなあ、小田先生も。噛ませ犬もいいとこじゃないか」

「……そっか……」

篤臣は、我知らず項垂《うなだ》れてしまう。

帰国してからというもの、江南は「やっぱり俺は小田先生を応援する」と言ったきり、教授選の話をしようとしない。

思うとおりにしろと言った以上、篤臣は、江南が話したがるまで詮索《せんさく》すまいと心に決めている。それでも、気にならないはずはなく、密《ひそ》かに胸を痛める日々が続いているのだった。

「ま、俺もよその教室のことだから、噂程度にしか知らないけどな。とにかく、これからは実験のほう、いろいろ教えてくれよ、永福。江南も交ぜて、今度飲みに行こうぜ」

「あ、ああ。いつか」

篤臣が眉を曇らせたのを見て、あまりこの話題を続けてはいけないと思ったのだろう。楢崎はあっさり話を切り上げて席を立ち、PCR室に去ってしまった。

物思いに沈んでいる篤臣の肩を軽く小突いて、美卯はニッと笑う。

「ほら、手がお留守。楢崎君は時々来るんだから、お喋りは次の機会にして」

「あ……いや、俺……」

「この作業終わるまで、お昼はお預けよ。はい、ちゃきちゃき働け！」

そう言って、美卯は篤臣の鼻先に未処理のチューブを突きつける。

心配性の篤臣が、あまり教授選のことを考えすぎないようにと、彼女なりに気を遣ってくれているらしい。

「……すいません」

姉貴分の優しさをありがたく感じつつ、篤臣はチューブを受け取り、作業を再開する。しかし彼の頭からは、江南のことが離れなかった……。


ゴキブリは、一匹見つければ近くに百匹いるという。

同級生も同じこと……かどうかはわからないが、同じ日の夕方、図書館に文献を漁《あさ》りに行った篤臣は、背後から最も聞きたくなかった声を聞いた。

「よう、ジュリエット」

今日二度目の女性名に、篤臣は本棚に向かったたままキリリと眉を吊《つ》り上げる。

彼をそんなふうに呼ぶ人物は、この世にただひとりしかいない。篤臣は呼びかけを無視して分厚い本を引き出し、パラパラとページをめくった。

「おい。無視かよ。……永福」

「…………」

「つれねえなあ。それとも、下の名前で呼んでほしいのか？　俺たち、もうちょっとで深い仲になるところだったもんなあ」

「…………ッ！」

相手にすまいと思っていたが、その一言はどうにも許しがたく、篤臣はつい振り向いてしまった。

書棚の間の通路に立っていたのは、牡牛《おうし》のようにごつい体格を、いささか小さすぎるケーシーに押し込めた男……。

篤臣が予想したとおり、それは同級生の大西《おおにし》だった。学生時代から篤臣にご執心で、ことあるごとに絡んでくる。

卒業後は江南と同じ消化器外科に所属し、一度は卑怯《ひきょう》な策略を巡らせて、江南と篤臣の仲

を裂こうとした。あまつさえ、薬物を使って、篤臣を強姦《ごうかん》しようとしたのだ。

危ういところで江南が駆けつけたために事なきを得たとはいえ、それは篤臣にとって、いまだに思い出すと血の気が引くほど、忌まわしい出来事だった。

「大西、てめえ……」

「なんだよ、久々の再会なのにギャンギャン嚙みつくな。図書館で何もしやしねえよ」

大西は悪びれる様子もなく、腕組みして書棚にもたれ、ニヤニヤしている。篤臣は押し殺した声で言った。

「俺はてめえと喋る気はねえんだ。とっとと失《う》せろ」

「ふん？　前にお前に暴行未遂をやらかしちまった詫《わ》びに、ちょっとした忠告をしてやろうと思ったんだけどなあ」

ジャガイモのようにゴツゴツした顔を歪めて笑い、大西は思わせぶりに顎をしゃくる。

「……忠告？」

「教授選情報。どうせ江南のことだ。お前に心配かけまいとして、何も言ってないんじゃねえのか？　ん？　図星だろ？」

「…………」

篤臣は大西を睨みつけた。

（どうせまた、俺をいい加減な言葉で揺さぶって、嫌がらせをしたいだけに決まってるんだ……！）

頭ではわかっていても、つい心が揺れてしまう。それを見透かすように、大西はだみ声でボソリとつけ足した。

「あいつ、やべえぞ。小田先生と心中するつもりかもしれんが、向こうにそのつもりはないんだからな」

「……どういうことだ……？」

普段は思慮深い篤臣も、江南のことになると冷静になりきれない。大西を信用しているわけではもちろんないが、ここまで聞いてしまっては、無視して歩き去ることなどとてもできそうになかった。

「聞く気があるんなら、こっちへ来いよ」

大西はニヤリと笑うと、クイクイと指先で篤臣を差し招き、図書館二階の奥のほう……滅多に誰も来ない、比較的古い文献ばかりが並ぶコーナーへ移動した。

大きな体躯《たいく》で、言動も外見も粗暴な印象の男だが、意外に頭は回るし、用心深い。自分の話が人に聞かれないよう、細心の注意を払っているらしかった。

あるいは、わざとらしくそういう行動を取り、自分の言葉に説得力を持たせようと企《たくら》んでいるだけなのかもしれないが。

「少しは知ってるんだろ。岡沢助教授のほうが、圧倒的有利だってことくらいは」

「……ああ」

大西の嗄《しゃが》れ声に、篤臣は小さく頷いた。

ある程度大西と距離を空けているとはいえ、そもそも二人がいるのは、書棚と書棚のあいだという狭い空間だ。手を伸ばせば、大西はいつでも篤臣に触れることができる。

以前、薬物で自由を奪われ、身体を撫で回されたときの記憶が甦り、篤臣の身体は本人の意志を無視して震えそうになってしまう。

それを大西に気取られまいと、篤臣は両手の拳《こぶし》をギュッと握りしめ、腹に力をこめた。

「それがなんだってんだよ」

「岡沢と小田を比べりゃ、キャリアでも外見でも後ろ盾でも、岡沢が教授にふさわしい。それなのに小田がわざわざ負けを承知で出馬した裏事情を、永福、お前、知ってるか？」

「よその医局の事情なんか、俺が知るかよ。興味もねえ」

あくまでも喧嘩《けんか》腰に、篤臣は言い返す。だが本当は、声が震えないようにするのが精いっぱいだった。大西の視線を感じると、悪寒を覚えずにいられないのだ。

「昔っから、教授と助教授は反りが合わなかったんだ。教授としちゃ、助教授を後継者とは認めないっていう態度をオフィシャルに示したかった。それで、子飼いの小田を出したのさ。俺が指名するのはこっちだってな」

「……でも、なんで大事な弟子を、負け戦に出すんだよ。本当に可愛いなら、そんなことはしねえだろ」

大西は、フンと鼻を鳴らした。

「そこが基礎の物知らずの悲しさだな、永福。もともと小田は、出世には興味がない。でも岡沢が教授になりゃ、便利に使い回された挙げ句、万年講師、上手くいっても助教授で定年だ。それよりは、自分の腕をもっと……地位的にもサラリー的にも評価してもらえる場所に移りたい。そう思っても不思議じゃないだろ？」

「……だから？」

篤臣はつっけんどんに先を促す。一刻も早く話を聞き終え、ここから立ち去りたかった。だが大西は、わざとらしくゆっくりした口調で言った。

「これまで小田は、恩師である教授のために尽くしてきた。でも、代替わりすりゃ、奴にはもう、医局にへばりつく理由はない。そこで、教授への最後の御恩奉公で、教授選に出て義理を立て……そして、見返りを受け取るってわけだ」

「……見返り？」

ぐい、と大西は篤臣との距離を詰めてくる。反射的に身を引こうとした篤臣の二の腕をごつい手で摑み、大西は、

「おい、そんなに怯《おび》えんなよ。それとも、誘ってんのか？」

と可笑《おか》しそうに篤臣の顔を覗き込んだ。

生暖かい息を吹きかけられ、かつての恐怖が甦る。篤臣は死にものぐるいで大西の腕を振り払い、飛び退《すさ》ると、棚から分厚い医学書を抜き出した。

「て……てめえ……次に触ってみろ。これで殴り飛ばすからなッ！」

「おお、怖い怖い。図書館で大声出しちゃいけませんって知らないのか、お前」

大西はおどけた口調でそう言い、両手を挙げてみせる。篤臣をとことんからかって遊ぶつもりらしい。篤臣は、それでも本を盾のように抱え込んだまま、投げつけるような声で言った。

「その見返りってのは、なんだよ。お前、いったい何が言いたいんだ」

「内密の話なんだ、マジで声抑えろ。……つまり、教授選に負けりゃ、どこにも角を立てずにここを辞められる。そして、おさまる先は……F総合病院。名前くらいは聞いたことがあるだろ？」

篤臣は頷く。F総合病院といえば、名古屋《なごや》にある大企業付属の市中病院だ。大学病院に比べれば、ずいぶんと羽振りがいいらしい。

以前に学会出張したとき、新幹線の窓から高層マンションと見まごうような立派な病棟を眺めて感心したことを、篤臣は思い出した。

「そこの外科部長の席が、小田のために用意されてる。教授が、残されたわずかな人脈にすがって用意した、愛弟子《まなでし》への最後のはなむけってわけさ」

篤臣は、驚いて問い返した。

「ちょっと待てよ。それって、小田先生は、最初からここを辞めるつもりで……？」

「そういうことだ。浮世離れした善人ヅラにみんな騙《だま》されてるが、あの人はあれで計算高いぜ？　しっかり用意された花道を歩いてんだ」

「そんな……」

「だから、小田側についたところで、なんのメリットもない。小田はもとから、教授選には義理と愛想で出てるだけなんだからな」

「江南は……そのこと、知ってんのか？」

「知らないだろうと思ってるからこそ、今お前に話してやってんだ。あいつ、好き嫌いだけで小田を支持してやがるに違いない」

「でも、お前はなんでそんなこと知ってんだよ。また、適当な出任せじゃねえのか？」

大西はそれを聞いて冷ややかに言い放った。

「そう思うなら、無視しろよ。俺は、親切心で言ってやってんだ。せっかくの留学生活を棒に振るような決断を愛する男にみすみすさせちゃ、お前がつらいだろうからってな」

「………っ」

篤臣は唇を嚙む。大西の言葉をどう判断すればいいか、正直言って戸惑っていたのだ。

「俺はこう見えて、江南のことを買ってんだぜ？　あいつは腕もいいし、頭もいい。俺のライバル様に、くだらんことでドロップアウトされたんじゃ、つまらんからな」

「……だったら、江南に直接言やあいいだろ。なんで俺に絡むんだっ」

「江南が俺の話をまともに聞くわきゃないだろ。何しろ俺は、大事な嫁さんに手を出した男だからな。いい加減時効かと思ったら、毎日顔を合わせるのに、あいつ、口も利きゃしねえ」

大西は皮肉っぽく巨体を揺らして笑った。

「それに、お前と話すほうが、俺が楽しいしな。……なあ、永福。お前がそんなふうに身体を硬くしてビビッてるとこ見ると、俺みたいな男は相当そそられるぜ。気をつけたほうがいい」

遠慮のない視線が、顔から首筋、そして胸元へ舐めるように下がっていく。篤臣はたまらず声を荒らげた。

「う……うるせえ！　話がそれだけなら、俺はもう行くからなっ！」

「誰も引き留めちゃいない。行けよ。……ま、アレだ。俺は岡沢について、賢く医局で成り上がるつもりだからな」

大西はそう言い、役者のように両腕を広げてみせた。

「……だからなんだってんだよ」

「江南がヘマやって見限りたくなったら、いつでもウェルカムだ。待ってるぜ」

「誰が、お前なんかにッ」

「ははは、じゃあな」

言いたいことだけ言ってしまうと、大西はクルリと篤臣に背を向けた。後ろ手を振って、大股に立ち去っていく。

大西の後ろ姿が見えなくなって、篤臣はようやく詰めていた息を吐いた。本を抱え込んでいた手から、だらりと力が抜ける。

「なんなんだよ……ったく……」

武器として使うことはなかった本を書棚に戻しつつ、篤臣は深い溜め息をついた。そのまま、ズルズルと床に座り込む。

書棚にもたれて薄暗い天井を見上げ、篤臣は途方に暮れて呟いた。

「江南……」

たとえ大西の話が本当で、それを江南に教えたとしても、江南の考えが変わることはないだろう。

こうと決めたら絶対にそれを貫く江南の頑固さは、篤臣が誰よりもよく知っている。それに、部外者の篤臣が教授選のゴシップめいた内情を語るのを、江南が喜ぶとは思えない。

（ストレートに話せば、あいつを怒らせるか……そうじゃなくても、苛々《いらいら》させちまうだろうな……）

だが、かといって大西の話をでたらめと決めつけ、何も聞かなかったことにするのも、今の篤臣には難しい。

「くそ、どうすりゃいいんだよ」

篤臣は、両腕でギュッと膝を抱えた。さっき大西に触られたせいで、血の気が引いて頭がクラクラする。

無性に、江南の顔が見たかった。しかし同時に、今聞いた話を江南に話すかどうか決めないうちは、とても会えないとも思う。

「あー……。なんでこんなめんどくさいことすんだ、臨床の奴らは」

言っても詮《せん》ない愚痴をこぼして、篤臣は抱えた膝頭に額を押し当てた。

とりあえず、この軽い貧血状態が改善されてからでないと、まともな思考はできそうになかった。

……と。

「こんなとこで、どうした？　大丈夫か？」

温厚な男の声が頭上から降ってきて、肩に誰かの手が触れる。大西のせいで神経過敏になっていた篤臣は、思わずその手を荒々しく払いのけてしまった。

「うわっ」

「……あ……！」

相手が驚いた声に我に返り、篤臣は慌てて顔を上げた。そして、愕然《がくぜん》として口をパクパクさせてしまった。

心配そうに篤臣を見下ろしている小柄な男……彼こそが、さっきさんざん話題にしていた消化器外科講師、小田だったのだ。

「えらく顔色悪いな。具合が悪いんなら、誰か呼ぶけど」

ヨレヨレの白衣を着た小田は、首を傾げて篤臣を見下ろしている。小脇に本を抱えているところを見ると、彼も文献を探しに来たらしい。

「すいません。……大丈夫です」

篤臣は、まだ少しふらつきながらも立ち上がった。書棚に片手を添えて、身体を支える。貧血を起こしている場合ではない。これは、大西の話の真偽を確かめる絶好のチャンスだ……と篤臣は思った。

「あの、小田先生、ですよね」

名前を呼ばれて、小田は無精ひげの生えた顔に、くしゃりと人のいい笑みを浮かべた。

「うん。ええと……」

篤臣は自分のネームカードを示し、自己紹介した。

「法医の永福です。覚えておられないと思いますが、先生には、ポリクリでお世話になりました」

「あー、そう。悪いけど、覚えてないな。……それより、本当に大丈夫か？」

自分より背の高い篤臣の顔を見上げ、小田は細い目をパチパチさせる。

篤臣は、思いきって口を開いた。

「大丈夫です。それより、お願いがあります。どこかで、お話しさせていただけませんか？」

「は？　僕に話？」

「はい」

篤臣は、まだ青白い顔をして、それでも小田をキッと見据えた。

「…………」

小田は突然の申し出に戸惑った様子で、篤臣の顔を見返した。その視線が、徐々に下がっていく。

そして……。ある一点を見たとき、小田の目に、困惑以外の感情が浮かんだ。軽い驚きと……それから、なぜか苦痛を堪えるような表情が、小田の痩《や》せた顔を過《よ》ぎる。

「わかった」

小田は、さっきまでとは違う明確な態度で頷き、篤臣の顔を見て言った。

「たった今、僕にも君に話したいことができた。……行こうか、永福先生」

2.

「美卯《みう》さん、すいません。ちょっと出てきていいですか？」

息せききって飛び込んできた篤臣《あつおみ》のそんな一言に、実験室で黙々とDNA抽出に励んでいた法医学講師中森《なかもり》美卯は、溜《た》め息《いき》をついて顔を上げた。

「何よ、血相変えて。江南《えなみ》君が車に轢《ひ》かれでもした？」

篤臣は、羽織っていた白衣を脱ぎながら早口に答える。

「そんなんじゃありませんよ。小田《おだ》先生と話してきます」

「小田先生って、消化器外科の小田講師のこと？　またどうして」

「俺が話したいことがあるって言ったら、向こうも俺に話があるって」

「永福《えいふく》君、小田先生と知り合いだったっけ」

「いいえ。ポリクリでお世話になった程度です」

篤臣は、脱いだ白衣を実験机の上に放り投げた。いつもの几帳面《きちょうめん》な彼なら決してしない乱暴な行為に、美卯は目を見張る。

「じゃあどうして、小田先生が永福君に話なんて？」

「わかりません。でも、理由なんかどうでもいいんです。……あの、戻ってきたらちゃんと手伝います。ケータイ持って出ますんで、解剖が入ったらすぐ戻りますし。だから」

早口で畳みかけるような物言いをする篤臣に、美卯は苦笑いで言った。

「べつにいいわよ。もとからひとりでやるつもりの作業だったんだから。ゆっくり話してらっしゃい」

「はいっ、行ってきます！」

「あ、永福君！」

あっという間に扉まで移動していた篤臣は、呼び止められてドアノブを摑《つか》んだままで振り向く。

「はい？」

「あんまりひとりでグルグルしないようにね。永福君が心配のしすぎで倒れでもしたら、江南君、大パニックになっちゃうわ」

「大丈夫ですよ。……でも、ありがとうございます」

先輩の、労《いたわ》り半分からかい半分の忠告にちらりと笑みを見せ、篤臣は実験室を飛び出した……。

消化器外科の小田講師は、人の出入りが少ない西門の脇《わき》で、所在なげに佇《たたず》んでいた。篤臣に白衣を脱いでくるよう指示しただけあって、彼も、ポロシャツにチノパンという軽装だ。

ぼさぼさの髪に無精ひげ、そして小柄な痩身《そうしん》ときては、それが凄腕《すごうで》の外科医などとは誰《だれ》も思わないだろう。

「お待たせしましたっ」

篤臣が駆け寄ると、小田は飄々《ひょうひょう》とした笑顔で片手を軽く挙げた。

「そんなに急がなくてもよかったのに。じゃ、行こうか」

「はい。……あの、でもどこへ?」

小田について歩きながら、篤臣は訊《たず》ねた。振り返りもせず、小田はのんびりした声で答える。

「二人きりでゆっくり話せるところに。学内では、どこで誰が聞いてるか、わかったもんじゃないだろう。たいした話じゃなくても、人を経るうちに妙な尾ひれがつくものだからね。少しご足労願うけど、いいかな」

「俺はべつにかまいませんけど」

「じゃあ、こっち」

どうやら、行き場所をもう決めてあるらしい。小田の足取りには迷いがなかった。

さっき大西《おおにし》に会ったせいで、篤臣は少しナーヴァスになっているらしかった。

ふと気づくと、手のひらがじっとりと汗ばんでいる。

(くそっ、今からビビっててどうすんだよ)

べつに小田と戦うわけではない。ただ、さっき大西に聞かされた話が本当かどうか……つまり、小田自身が教授選のことをどう思っているのかを知りたいだけだ。

(だいたい、小田先生と大西のくそ馬鹿野郎を一緒にしちゃ、先生に失礼じゃねえか)

みずからにそう言い聞かせ、篤臣は余計な恐れを追い出そうとするように頭を振った。


小田が篤臣を連れていったのは、思いも寄らない場所だった。

そこは、大学から徒歩で十数分離れた場所にある、カラオケボックスの一室だったのだ。

「ま、かけて」

呑気《のんき》らしい口調でそう言い、小田は自分からベンチシートに腰を下ろした。

「……はい」

仕方なく、篤臣も小田と少し距離を空けて座る。

室内には、おきまりのカラオケセットとモニターとスピーカー、そして分厚い歌のリストが積み上げられたローテーブルがある。それ以外何も置く余裕がないほど、部屋は狭かった。

窓がないことも手伝い、親しくない相手と二人で入るには、幾分閉塞《へいそく》感のありすぎる空間だ。

「失礼しまーす」

軽いノックとともに、若い女性店員が入ってきた。受付でオーダーしたドリンクを置くと、小馬鹿にしたような視線を二人にチラと向け、部屋を出ていく。

こんな昼間から、いい年をした男二人でカラオケとは、いったいどんな暇人だと思われていることか……。

そう思うと、篤臣はいたたまれない気分だった。そんな篤臣の暗澹《あんたん》とした胸の内とは対照的に、小田は旨《うま》そうにジンジャーエールを飲みながら言った。

「やあ、こんな時間にカラオケボックスに来たことがなかったから知らなかったんだけど、意外と昼間から混んでるんだね」

「……ええ」

「両隣も相当盛り上がってるようだし、これなら、僕らがここで静かに話していれば、誰に聞かれる心配もなさそうだ」

「……はい」

「ああ、もし歌いたければ遠慮なくどうぞ」

「いえ、けっこうです」

篤臣は落ち着かない気分で返事をする。

そんな篤臣を申し訳なさそうな苦笑いで見遣《みや》り、小田は言った。

「悪いね。これがお偉方どうしの密談なら、料亭の個室に一席設けるんだろうけど。講師の薄給じゃそうもいかなくてさ。人目を気にせず喋《しゃべ》れるところを、ここ以外に思いつかなかったんだよねえ」

篤臣は、自分の前に置かれたウーロン茶には手もつけず、小田の痩《や》せた顔を透かすように見た。

「あの……俺が先生にお訊《き》きしたいのは教授選のことなんですけど、先生が俺に話したいことっていうのは……」

「同じだよ」

「でも、どうして俺に?」

小田は篤臣の結婚指輪を無造作に指さした。

「それを見たから、ああ、君が江南先生の相棒かって思ったんだけど。僕の勘違いじゃないよね?」

「……あ……」

篤臣のやや青ざめていた顔に、さっと血の色が差す。

「このあいだ、オペのあとに飯を食いながら、江南先生と話したんだ。噂《うわさ》で同性の恋人がいるって聞いてたから、薬指の指輪が気になってね。訊いてみたら、君のことを少し話してくれた」

「俺のこと……ですか？」

「うん。名前とか具体的なことは言わなかったけど、短い言葉で最大限に褒めてた。いつもクールな彼にしちゃ、えらく嬉《うれ》しそうだったよ」

「う、は、はあ」

赤い顔で返事に窮している篤臣を微笑《ほほえ》ましげに見て、小田は言った。

「その指輪、ちょっとデザインが凝ってるだろ。だからわかった」

篤臣は、チラと左手薬指の指輪に視線を落とした。

江南がどこからか手に入れてきたシルバーの指輪は、シンプルだがゴツゴツした造りをしている。おそらくカスタムメイドなのだろう。

（江南……）

そっと触れれば、それを嵌《は》めてくれたときの江南の緊張しきった面持ちと、震えていた大きな手の温《ぬく》もりを思い出す。

心が不思議に落ち着くのを感じつつ、篤臣は小田の温厚そうな顔をキッと見た。

「江南はアメリカにいるときから、教授選で小田先生を応援すると言ってました。先生のことを、外科医として尊敬しているからです」

「……うん」

小田の細い目からは、彼の感情を読み取ることができない。篤臣は、小さく息を吐いてから思いきって言った。

「部外者の俺が口を出す問題じゃないってことは重々わかってます。でも、俺は……」

「江南先生のパートナーとして、彼が信じようとしている僕の心構えを聞いておきたい。そんなところかな？」

「う……そ、そうです」

小田は小さく何度か頷《うなず》き、穏やかな笑みを浮かべて言った。

「そりゃよかった。そういうことなら、僕も話しやすいし、お願いしやすいよ」

「お願い？　俺にですか？」

「そう。説得してほしいんだ、彼を」

「江南を……説得？」

驚く篤臣に、小田は丸《まる》んだ背中を真っすぐ伸ばし、きっぱりと言った。

「そう。江南先生を説き伏せてくれ。……彼の将来のために」


「永福の奴、早速小田先生に直談判《じかだんぱん》ですか。温厚そうに見えて意外にせっかちなところは、相変わらずだな」

ＰＣＲルームから出てきた楢崎《ならさき》の言葉に、美卯は軽く眉《まゆ》を上げた。

「あら、聞き耳？」

「そんな。あの部屋の防音効果はたいしたことないんですから、こっちが寡黙に仕事をしていれば自然に聞こえますよ」

非難めいた美卯の言葉を軽くやり過ごし、楢崎はエッペンドルフチューブが十本並んだスタンドを手に、自分の席に着いた。

美卯や篤臣ならその何倍もの数の検体を同時に処理できるが、初心者の楢崎には、まだこの程度で精いっぱいなのだ。

「それにしても、俺にはわからないな」

楢崎は実験机に向かい、まだぎこちない手つきでチューブの蓋《ふた》を開けながら言った。

美卯も、作業を続けながら楢崎と背中合わせの体勢のままで訊ねる。

「何が？」

「江南と永福ですよ」

「さっきの永福君との会話じゃ、ゲイに理解のある人だと思ってたんだけど。そうじゃなかったの、楢崎先生？」

楢崎は、左手にピペットマンを持ち、ブルーの色素液を吸い上げながら答えた。

「もちろん、理解ある人です。恋愛は自由だと思いますし、他人が異性を好きになろうが同性を好きになろうが、俺には関係ありませんからね」

「だったらあの二人の何がわかんないの?」

「指輪ですよ」

「結婚指輪でしょ」

「それはわかってます」

「じゃあ、何がわかんないのよ」

美卯は、低い声で探るように問いかけた。江南と篤臣の姉貴分である彼女だけに、楢崎のいかにも訝《いぶか》しげな物言いに警戒心を抱いたのだろう。

だが、楢崎はあっけらかんとした口調でこう言った。

「男どうしで、どうせ法的には結婚できないわけじゃないですか。それなら、将来のことなんか考えず、気楽につきあえばいいと思うんですけどね。なんだって指輪なんかでお互いを縛ってるんだか。肩が凝らないのかな、あいつら」

楢崎の表情にも声音にも、侮蔑《ぶべつ》の色はない。楢崎は単に、同級生二人のあまりに生真面目《きまじめ》なつきあいようが不思議で仕方ない様子だった。

それに気づいた美卯は、それまでのやや硬い表情を和らげて言った。

「違うわよ」

「何がです?」

「あの二人が結婚指輪をしてるのは、お互いを縛るためじゃないと……少なくとも私は思ってるわよ」

「じゃあ、なんのためです？」

楢崎は、ピペットマンを実験机に置き、丸椅子《いす》をクルリと回して身体《からだ》ごと美卯のほうを向く。

美卯は慣れた手つきで溶液を分注しながら言った。

「あれは、お守りなんじゃないかしら」

「お守り？」

「なんだか、言ってる私が恥ずかしいけど」

美卯は本当に決まり悪そうに顔を顰《しか》めて言葉を継いだ。

「一緒にいないときも、お互いの気持ちはいつだって寄り添ってるっていう証拠なんだろうって思うの。つまり永福君にとっては、あの指輪が江南君の分身みたいなものなのよ、きっと」

「…………」

楢崎はなんとも微妙な顔つきをして、フレームレスの眼鏡《めがね》を外した。そしてそれをキムワイプで丹念に拭《ふ》き、かけ直してから、ようやく気を取り直した様子で口を開いた。

「相当に恥ずかしい奴らだ」

美卯は笑顔で頷いた。

「まあね。でもそういうの、私は嫌いじゃないわよ。ちょっと羨《うらや》ましいと思う」

「へえ。中森先生、意外にロマンチストなんですね」

からかい交じりの楢崎の言葉に、美卯は淡い色の口紅を引いた唇を尖《とが》らせた。

「……悪かったわね。楢崎君は、まだ独身でしょ。そういう濃い関係は願い下げってタイプ？」

「そうですね。俺は面倒くさいが先に立つほうなんで。でも……」

「でも？」

「そういう強い絆《きずな》を持ってる奴らは、いざってとき強いのかもな、とは思いますよ」

「そうね。……本当に、そうであってほしいと思うわ」

独り言のような調子で呟《つぶや》き、美卯は気遣わしげな視線を窓の外に向けたのだった。

＊　　＊

その夜。

いつもより少し遅めに帰宅した篤臣は、物思いに沈みつつ、風呂《ふろ》に入っていた。

まだ夕飯はできていないが、江南がいわゆる食事時に帰宅する可能性は極めて低い。それより一刻も早く、今のモヤモヤした気持ちを洗い流してしまいたかったのだ。

だが、いくら泡立てたタオルで身体を擦《こす》ったところで、胸の奥に澱《よど》んだ迷いを拭《ぬぐ》い去ることはできない。

「説得しろって言われたって……」

目の前の鏡に映った自分の顔があまりにも情けなくて、溜め息が漏れる。

江南に会いたいのに、会えば教授選のことが気になり、今日の小田との話を思い出して、いつものように屈託なく接することができないことは確実だ。

「どうしろってんだよ、ったく」

さっきよりきつく……無意識に、昼間大西に摑まれた左腕を擦り始めたそのとき。

「なんや、風呂入っとるんか」

いきなり扉を開けられ、篤臣はギョッとして振り向いた。

そこには、三日ぶりで見る江南の顔があった。顎《あご》には疎《まば》らな無精ひげが生え、目の下には淡い隈《くま》ができてしまっている。

ろくに休まず働きづめだったのだろう。

「お、おかえりっ」

篤臣の上擦った声を不自然に思う様子もなく、江南はくたびれた笑みを浮かべた。

「おう。帰ったで」

「悪い、もっと帰りが遅いのかと思ってたんだ。すぐ上がるから、ビールでも飲んで待っててくれよ」

「ふん」

あっさりした答えとともに、江南は頭を引っ込め、扉を閉める。

大急ぎで入浴を済ませ、夕飯の支度をしなくては……とひとまず気持ちを切り替えようとした篤臣は、一分と経《た》たないうちに再び開いた浴室の扉に文字どおり飛び上がった。

「俺も一緒に入る」

真っ裸の江南を見れば、そんな台詞《せりふ》を聞くまでもなく、目的は明らかだ。

「ば、馬鹿、お前、こんな狭い空間に野郎が二人でぎゅーぎゅー詰まってどうすんだ！　すぐ上がるって言ったろ。五分くらい待てないのかよ」

「待たれへんほど、風呂に執着しとるわけやない。……背中、流したろ」

「いいって、そんなの」

「ええから」

焦る篤臣にかまわず、江南は篤臣の手からタオルを取り上げると、ごしごしと篤臣の背中を擦り始める。

気持ちいいというよりは痛いに近い刺激に顔を顰めつつ、篤臣は戸惑《とまど》いがちに江南を見た。

「なんなんだよ、いったい」

「待たれへんのは、風呂やのうてお前や」

「は？」

キョトンとする篤臣の背中に浴槽の湯をかけて流してやりながら、江南は照れくさそうな笑みを浮かべた。

「覚悟はできとったけど、帰国するなり一緒におれる時間が激減したやろ」

「……うん」

「せっかくはよ帰ってこられた日くらい、できるだけお前の傍《そば》にいたいんや。それこそ、一秒でも長くな」

「江南……」

「お前の顔見ると、ホッとする」

正直すぎる恋人の言葉に、篤臣は絶句する。江南はそんな篤臣の肩を優しく押した。

「俺が身体洗うあいだ、湯につかって待っとれ。身体冷えてまうやろが」

「う、うん」

促され、篤臣はおずおずと浴槽に身を沈めた。広くなった洗い場で、江南は手早く身体を洗い始める。

温《ぬる》めの湯につかり、浴槽の縁に片肘《かたひじ》をついて、篤臣は江南の背中をじっと見た。脳裏には、数時間前の小田との会話が甦《よみがえ》っている。

大西の話は本当かと問いかけた篤臣に、小田はなんの躊躇《ためら》いもなく頷いた。

「本当だよ。僕は負け戦を承知で、教授選に出馬した。育てて頂いた教授への、最後のご恩返しのつもりでね。だけど、義理で人生を棒に振るほど、僕は善人じゃない」

「じゃあ、先生は最初から教授選に負けて大学を辞めて、F総合病院の外科部長になるつもりで……？」

「そう。僕はもともと、論文やら講義やら会議やらが苦手でね。そういうデューティなしに、ただ外科医として自由にやりたいとずっと思ってた。……だから、恩師である教授が去られる今、喜んで外に出ていける」

「………」

「今、僕の側についてくれている数人のスタッフは、みんな大学では出世できそうにない現場主義の連中ばかりだ。一緒にF総合病院に連れていくつもりでいる。でも、江南先生は違う」

「どう違うんですか？」

小田は、真面目な顔で言葉を継いだ。

「彼は、手先がとても器用だ。その上、きちんと研究もできる。頭が切れて腕もいい外科医なんて、そうそうなれるもんじゃないよ、永福先生。普通はどっちか一つだ。僕と岡沢《おかざわ》先生を見れば、わかるだろ？　先生の相棒は、希有《けう》な存在なんだよ」

ストレートに江南を褒められて、篤臣は喜んだものかどうかわからず、ただ戸惑う。そんな篤臣を優しい目で見て、小田はこう言った。

「だからこそ、彼の将来に影を落としたくないんだ。奇跡でも起きない限り、僕は教授選に負けるよ、永福先生」

「小田先生、それは……」

「新教授になった岡沢先生は、僕に味方した江南先生を許しはしないだろう。今だって、医局での彼の居心地《いごこち》は決してよくないはずだ」

「そう……なんですか」

「このままじゃ、たとえ医局に残れても、ずっと下っ端で飼い殺しにされるだけだよ。学位なんてとても申請させてもらえず、他《ほか》へ移りたくても、紹介状も書いてもらえない。それが最悪のパターンだろうね。よくても、どこか僻地《へきち》の関連病院に飛ばされるってところだろう」

「そんな……！」

「そういう陰湿なところなんだよ、医局ってのは。だからこそ、君に江南先生を説得してほしいんだ。今ならまだ間に合う。一日も早く僕を見限って、岡沢先生につくようにと」

「でも、先生。あいつは、そんなふうに計算ずくで動く奴じゃないです」

「わかってるよ。だからこそ、君に頼んでるんだ。大事なパートナーの言うことなら、あの頑固者だって聞くだろう」

「じゃあ……江南には、もうそのことを？」

「ああ、正直に話したよ。でも、そんなことは関係ないの一点張りでね。僕に利己的な思惑があろうとなかろうと、医師としての僕を支持するとそう言い張るんだ」

でしょうね、と小さな声で呟き、篤臣は嘆息した。

江南がそう簡単に考えを翻す男でないことは、誰よりも篤臣がよく知っている。

それに……。

(それに、他でもない俺が言っちゃったんだもんな。自分の信念に基づいて行動しろって)

小田は器用そうな指先で、自分の膝《ひざ》をトントンと叩《たた》きながら言った。

「もちろん、彼ならどこへ行っても……それが総合病院だろうと小さな診療所だろうと、いい医者になるだろう。それは、僕だって確信しているよ」

篤臣をじっと見ている小田の細い目は、真摯《しんし》な熱を帯びていた。

「でも僕は、彼のような人こそ、医局には必要だと思うんだ。彼の気性も腕も頭脳も、失うには惜しすぎる。……彼には医局に残って腕を磨き、論文をたくさん書いて、いつか立派な教授になってほしい。まあ、それは僕の勝手な希望だけどね」

「小田先生……」

「今回は節を曲げて保身してくれと、彼に言ってくれないかな。それが、僕の望みであり、彼のためでもあるんだと君から伝えてほしい」

（小田先生の言うことはわかる。あの人が、本気で江南を心配してくれてることもわかった）

江南は、威勢よく泡を飛び散らせながら頭を洗っている。自分の表情を見られずに済むことにホッとしつつ、篤臣は思いを巡らせた。

（あんなふうに江南のことを評価してくれたのだって、すごく嬉しいんだ。でも……）

江南には、人としていつも自分の良心に従い、信じる道を歩いてほしいと思う。それこそが、篤臣の好きな江南の姿だからだ。

だが、そうした結果、医師としての彼がこの先不自由な……それこそ翼をもがれたような生活を強いられるとしたら。

それを考えると、篤臣の心は揺れてしまう。

「よっこいしょ」

そんな篤臣の葛藤《かっとう》など知る由もなく、髭《ひげ》を剃《そ》り終えた江南は浴槽に入ってきた。

篤臣を背後から抱え込むようにしてつかると、湯が浴槽から豪快に溢《あふ》れ、洗い場の排水溝で小さな渦を巻く。

「あーあ。不経済な奴だな。溢れさせなきゃ、あとで洗濯に使えたのに」

「ささやかな贅沢《ぜいたく》や、よしとせえ。……はー、やっぱり家の風呂はええなあ」

「せせこましくて余計肩凝るだろ、こんなの。お前疲れてんだから、風呂くらい、ゆっくりつかれよ。俺、上がって飯作っ……」

「ええから。狭《せも》うても、お前とこうしてたいんや。……心配せんでも、こんなとこであれこれしようとは思わん」

そう言うと、江南は篤臣の肩に顎を乗せ、長い溜め息をついた。安堵《あんど》とも疲労ともつかないその吐息に、篤臣は心配そうに眉をひそめる。

「お前、大丈夫なのかよ」

思わず、篤臣の口からはそんな言葉がこぼれた。篤臣の肩の上で、江南の顎が動く。

「何がや」

「何がって……。その、仕事とか……き、教授選……とか、さぁ」

さりげなく問おうと思っても、語尾が不自然に小さくなってしまう。篤臣の胸中を知ってか知らずか、江南は篤臣の肩胛骨《けんこうこつ》の縁にキスを落として答えた。

「正直、きつい」

「……どっちが？」

篤臣は横目で江南の表情を見ようとしたが、濡《ぬ》れた長い前髪が、江南の顔を覆い隠してしまっている。

「どっちもや」

珍しく弱音めいた言葉を口にして、江南は顔を上げた。二人の視線が合う。江南のきつい切れ長の目は、うっすら充血していた。

「どっちもって……」

長い足を折り曲げているせいで水面に顔を出した江南の膝が、篤臣の身体を両側からギュッと挟みつけてくる。

篤臣は、江南の膝頭に肘置きのように手を置き、背後にある広い胸にもたれかかった。

「久しぶりやから、まだカンが戻りきってへんのや。診察もオペも、肩にいらん力が入っとんのやろな。妙に疲れる」

「そりゃ当たり前だろ。俺だって、解剖一体済ませただけでグデグデになって、美卯さんに笑われてる」

「そっちもか。お前もお疲れさんやな」

「でも、俺は毎日解剖ってわけじゃないからさ。お前ほどじゃねえよ。……お前、すげえ疲れた顔してんぞ」

「お前の前では、意地張らんと正直にへたれとってもええんやろ?」

「当たり前だ。自分の家で正直にならないで、どこでなるんだよ」

「せやな」

濡れた手で篤臣の前髪をかき上げ、江南は白い額に音を立ててキスした。目の前の少しやつれた気がする端正な顔を、篤臣はつらい思いで見つめる。

「教授選の……ほうは？」

今日、小田と話したことは切り出せないまま、篤臣はそう訊ねてみた。江南の口元が、微妙に歪《ゆが》む。

「まあ、医局の雰囲気は、ええとは言われへんな。前から教授と助教授は仲ようなかったけど、それでも教授ががっつり医局をまとめてはった。せやけど今は分裂状態や」

「分裂っていっても、真っ二つじゃなくて岡沢助教授優勢……なんだよな」

篤臣は思いきってそう言った。

自宅では、仕事のことを忘れてくつろぎたいはずの江南だ。こんな話題で話し続けては不快に思うのではないかと篤臣は恐れたが、江南はあっさりと頷いた。

あるいは、愚痴でも言いたい気分なのかとホッとして、篤臣は江南の言葉を待つ。

「圧倒的にな。どうせ、お前らの耳にも、噂は入っとるんやろ？」

「まあ、それなりには」

曖昧《あいまい》に答える篤臣のウエストに、江南の力強い腕が回される。その手は、性的に煽《あお》るのではなく、ただ篤臣の存在を確かめようとしているかのように穏やかに触れてきた。

「岡沢先生の勝ちは、あらかた決まっとるようなもんや。医局でも、ほとんどの奴はもう岡沢先生を教授扱いやしな」

「……それでもお前は、小田先生を支持してんだろ？　そのこと……、もしかして、ちょっとくらいは後悔してんのか？」

「いや。そんなことやろうと帰国前から想像しとったからな。それに、教授選の勝ち負けに関係なく、俺は小田先生を尊敬しとる。せやから応援するだけや。……ただ」

「ただ？」

「小田先生は、俺がそうすんのを迷惑に思うてはるみたいやけどな」

「迷惑って……」

篤臣は今日の小田との会話を思い出してギョッとする。江南は、苦く笑って言った。

「出世欲のない人やから、もとから教授の席になんの執着もあれへんのや。それに……これは内密の話やけど、負けたらとっとと円満退職して、市中病院に移るて言うてはった」

「そ……そう、なんだ」

知っているとは言いかねて、篤臣は微妙な相槌《あいづち》を打つ。その不自然さに気づかず、江南は言葉を継いだ。

「今、小田先生を応援しとる数少ない医局員も、みんな一緒に辞めて、その市中病院に行くつもりらしい。……実はなあ、篤臣」

「あ……な、なんだよ」

「俺、帰国して小田先生のオペ入らしてもろて、やっぱりすごい腕を持った人やと思た。この人から、もっともっといろいろ勉強さしてもらいたいと思たんや」

篤臣は無言で頷く。江南の声は熱を帯びており、疲れているはずの赤い目も、強い光を放っていた。

「せやから……お前の意見も訊かんで悪かったけど、俺、小田先生に言うた。俺も連れてってくれって。俺は岡沢助教授より、小田先生のもとで修業したいて」

「うん。……それで?」

「そんなこと言うなて諭された。お前は医局に残って頑張るべき人間や、て言うてはるんや、小田先生は。……とと、篤臣」

「あ? なんだよ」

肝心なところで話を止められ、篤臣は少し不満げな顔をする。だが江南は、そんな篤臣から腕を離した。

「お前、顔真《ま》っ赤《か》やぞ。のぼせかけとるん違うか」

話に夢中で気づかなかったが、そういえば、さっきから心臓がドキドキするのは、話の成り行きに緊張しているせいだけではないかもしれない。

「上がろうや。腹も減ったし、話の続きはそれからでもええ」

「う、うん」

江南はザバッと水音を立てて立ち上がると、浴室を出ていく。

少し時間を与えられ、ホッとしたような軽く苛《いら》つくような、複雑な気分で篤臣も江南のあとに続いた。


トントントン……。

軽やかな音を立てて、篤臣の包丁が大根を刻んでいく。

その横で、江南が流しの中で、キャベツの葉を豪快にむしっている。

「それで？　さっきの続き」

並んで作業をしながら、篤臣は先を促した。江南は、新キャベツのみずみずしい葉を摘《つま》み食いしながら口を開いた。

「どこまで言うたんやったかな」

「小田先生に、お前は医局に残れって言われたとこまで」

「ああ、せやった。……小田先生、俺には、オペも研究も両方頑張れて言わはるんや」

「うん」

「オペのテクは、他のドクターからでも習える。せやけど研究は、大学におらんと続けるんは難しい。そう言わはった」

「それは……確かにそうだろ。市中病院じゃ、どうしても実務でてんてこ舞いになっちまうだろうしな」

大根を刻み終わった篤臣は、ピーラーで人参《にんじん》の皮を剝《む》きながら言った。江南は頷く。

「せやな。確かに俺は、研究も好きや。アメリカに行って、研究の楽しさを教えてもろた。その経験は、無駄にしたくないと思てる」

「……じゃあお前、小田先生の言うこと、わかってんじゃん」

「わかる。俺のこと考えてくれはってありがたいとも思てる。せやけど、それとこれとは別や」

「それとこれって？」

「小田先生に感謝することと、教授選での俺の身の振り方や。俺は、大学に残りたいばっかりに、岡沢先生に尻尾《しっぽ》振るようなみっともない真似《まね》はしたくない」

「でも……そうすることが、尊敬してる小田先生がお前に望んでることでもあるんだろ？」

べつに、今、説得にかかるつもりではなかった篤臣なのだが、話の流れでついそう問いかけてしまった。

江南は、バリバリとキャベツを一口大にちぎりながら言い返す。

「それでもや。確かに研究はおもろい。けど、俺は学者やない。医者や」

「医者……か」

迷いのない顔つきで、江南はキッパリと頷いた。

「おう。病院や教室がなんぼ研究中心の方針を打ち出そうと、大学がいくら教育機関やいうても、俺らは医者や。医者がまずやらんとあかんのは医療や。ひとりの医者が何より大事にせんとあかんのは、目の前の患者やろうが」

いつの間にか、篤臣の手はすっかり止まってしまっていた。

江南も、キャベツをすっかりむしってしまうと、身体ごと篤臣のほうを向いた。江南の手が、篤臣からそっとピーラーを取り上げ、まな板の上に置く。

「岡沢先生が教授になったら、研究やらテレビ出演やらで、大学の名前は売れるやろ。患者も増えるかもしれん。話が上手いから、学生も喜ぶかもしれん」

「……うん」

「せやけど岡沢先生の腕では、すがる思いで病院に来た患者を救ったることができん。……そういう奴がトップなんは、俺は嫌や」

「お前、まさかまだ、小田先生に教授になってほしいとか思ってんのか？　マジで？　だって、他でもない本人が負けることを前提に出馬してんのに……」

「それでもや。小田先生がどう思うてようと、教授選に出た以上、チャンスはゼロやない。俺は小田先生みたいに、外科医としてちゃんとした腕を持っとって、誰より患者のことを考える人に教授になってほしい。講義が苦手でも、かめへん。学生も俺ら若い医者も、そういう先生の背中を見て、自然といろんなことを吸収できるんや。言葉で教わるより、何十倍も大事なことをな」

「……そうだな」

昼間、自分に対してひたすら誠実に真摯に話してくれた小田の姿を思い出し、篤臣も素直に頷く。江南は、きつい目を少し和ませた。

「せやから、小田先生に何を言われても、俺の態度は変わらん」

「そのせいで、この先つらい目に遭ってもか？」

「俺は、自分に嘘《うそ》つくよりつらいことは、世の中にあれへんと思てる」

「江南……」

「お前も他の奴らみたいに、俺をアホやと思うか？　今だけちょっと本心隠して上手いこと立ち回れば、いらん苦労せんで済むのにて言うか？」

江南の手が、篤臣の頬《ほお》に触れる。篤臣は、目を閉じて一つ深呼吸した。それから瞼《まぶた》を開き、江南の鋭い目を真っすぐに見返す。

「ホント言うと、お前が、誰が見ても損な、きっつい道をドカドカ歩いてくの見ると、俺もつらいよ。日本に帰ってからは、一日の大半離ればなれだろ。お前は愛想なしで不器用で喧《けん》嘩《か》っ早いから、俺が見てないところで誰かとトラブルになってないかとか、余計な心配までしちまう」

「篤臣……」

「当たり前だろ。大事な人が危ない橋渡ろうとしてるのを、ニコニコ笑って見てられる奴なんかいねえよ。でもさ」

篤臣は、頬を包む江南の大きな手に、自分の手を重ねた。そのやや色の薄い瞳《ひとみ》からは、さっきまでの迷いが消えている。

「お前は、自分の気持ちをごまかせる奴じゃない。それは誰より俺が知ってるし、俺は、お前のそういう真っすぐなとこが……その、好きだ」

江南は、嬉しそうな……けれど少し困ったような顔で、篤臣の額に自分の額をこつんと当てた。

「お前なら、そう言うてくれるやろて思てた。けど……」

「先のことは考えんな。俺も、うだうだ考えんのはやめる」

自分に言い聞かせるようにそう言って、篤臣は互いの鼻の頭を軽く触れ合わせた。

「何がどうなるかなんて、誰にもわかんねえんだ。決まってんのはただ一つ。何があったって、俺たちはいつだって一緒にいる。そうだろ？　少なくとも、俺はそれで十分だ」

「篤臣、お前……」

「やっぱりお前は、そうでなくちゃ駄目だ。他の誰が馬鹿呼ばわりしても、俺はお前の味方だからな！」

妙に強い口調でそう言った篤臣の額は、風呂上がりということを差し引いても、やけに熱い。それに気づき、江南はハッとした。

（こいつ……また知恵熱出しとるやないか）

幼い頃から、深く考え事をしたり悩んだりすると、すぐに熱を出す篤臣である。どうやらこの三日、篤臣はずっと思い悩んでいたらしいと江南は察した。

（この場合、原因はどう考えても俺やな）

渡米中のように、互いの思いを日々ぶつけ合うことができない今、篤臣に心配をかけまいと、江南は教授選のことをあえて話さずにいた。

だが、江南の予想以上に、教授選にまつわるゴシップが、学内に流れているのかもしれない。不確かな情報がどんどん耳に入るのに江南からは何も聞けず、問い質《ただ》そうにもなかなか会えない状態では、心配性の篤臣があれこれ思いを巡らし、不安になるのも無理はない。

（かえって、きつい思いさしてしもたか。まさしく、アホの考え、休むに似たり……っちゅうやつや）

自己嫌悪に胸を焼かれつつ、江南は篤臣の腰を強く抱き寄せた。

「な……んっ、う……」

目を見張る篤臣の、薄く開いた唇に自分の唇を重ね、上唇を軽く噛《か》む。

「……んだよっ！　今は真面目な話を……」

突然のキスに、篤臣は怒った顔で江南の胸を押しのけようとする。だが江南は、腕力にものをいわせ、そんな篤臣を自分の胸に抱き込んでしまった。

「え……えな、み？」

抱きしめる腕の強さに、篤臣はどこか不安げにその名を呼ぶ。

「お前はいつも、俺のことばっかしや」

江南は呻《うめ》くように言った。

「何言ってんだよ、お前」

「お前を幸せにしたりたい。俺はそう思っとんのに、お前はいっつも俺のために身体張って、いらん苦労して……。俺は、お前にえらい思いさすばっかりやないか。昔からなんも進歩しとらん」

篤臣の首筋に顔を埋め、江南はモソモソと言う。その切なげな声に、篤臣は笑いながら江南の硬い髪を引っ張った。

「馬鹿言ってんじゃねえよ。お前は、世界にひとりだけの俺の相棒じゃねえか。そいつのために一生懸命になんのは、当然だろ」

「篤臣……。せやけど」

「俺がお前についてくパターンが、たまたま二度続いただけだ。そのうち、俺がお前についてこいって言うときが来るって。そんときは、俺が我儘《わがまま》放題するから、気にすんな」

「篤臣……」

「お前が自分のやりたいことをやってるように、俺も、自分の心に従ってるだけだ」

篤臣は、キッパリとそう言った。

「……お前には感謝してもしきれへん」

自分の肩に篤臣の頭を押しつけて、江南は柔らかな耳たぶにも口づけ、囁《ささや》いた。

「心は決まっとっても、お前がそう言うてくれるんがどんだけ心強いか。所帯持ってよかった。ホンマによかった」

「……バカヤロ。当たり前だろ。んなことで、いちいち感謝すんな」

「ええやないか。いちいち言葉で伝えたい気持ちもあるんや。……それはそうと」

「あ?」

篤臣を抱いたまま、江南はまな板の上を見遣った。

「お前、さっきから野菜ばっかし切っとるけど、まさか今日の晩飯、ベジタリアンメニューか? それもええけど、できたら俺、肉が食いたいねんけどな」

声の調子と、背中をポンポンと叩く手のひらの優しさで、江南が再び……今度こそ揺るがない決心を固めたことを篤臣は知った。

(あーあ……。説得頼まれたのに、けしかけちまったよ、俺)

小田の顔が瞼の裏を過《よ》ぎり、チリッと良心が痛む。それでも篤臣の胸に、後悔の念はなかった。

江南が腹を決めたのなら、自分はそれを見守るまでだ。結果がどうなろうと、二人がかりなら、受け止められないはずはない。

どうしようもなく青くさい選択だと理性は言っていたが、篤臣の顔には、わだかまりのない笑みが浮かんでいた。

「わかってるっての。ただ、外食続きだと、野菜が不足すんだろ。家にいるときは、いっぱい食わせようと思っただけだよ」

明るい声でそう言って、篤臣は自分から江南に軽く口づけ、身体を離した。気恥ずかしさをごまかすように、冷蔵庫を開けて中を覗《のぞ》き込む。

「ほな、今日は何食わしてくれるんや？」

「こないだ、お前の実家のご両親が送ってくれた焼き穴子をさ、薄切りの大根と人参と一緒にさっと煮たやつを汁物代わりに作ろうと思って。それから、キャベツと牛肉とモヤシを炒《いた》めて、焼き肉のタレでどかんと食う」

「お、なかなかええ感じやないか」

「だろ？　すぐにできて、いかにもお前好みだ。時間がないから、凝ったもの作れなくて悪いけど」

「お前の手料理っちゅうだけで、十分すぎるほどのご馳走《ちそう》や。腹減った。はよ食いたい。……飯も、お前も」

「な……！」

背後からでも、ちらりと見える篤臣の耳が、湯気でも噴きそうに真っ赤に染まるのが見える。

「ばっか野郎ッ！　調子に乗って甘えてんじゃねえっ！」

予想どおりの怒号とともに飛んできた缶ビールを、江南は楽々と受け止め、ニヤリと笑ってみせた。

＊　　＊

それから数日後の夕方。

篤臣と美卯は、解剖室にいた。

城北《じょうほく》教授が会議で不参加だったにもかかわらず、二時間前に始まった司法解剖は、比較的スムーズに進んだ。

鑑定医は美卯で、篤臣は副手を務めた。

所轄の警察官がある程度雑用を手伝ってくれるとはいえ、実際の解剖を行うのは二人だけである。

美卯と左右対称に作業を続けつつ、写真撮影の準備やデータの記入に追われ、篤臣は大忙しだった。

　解剖が終了すると、美卯と篤臣は解剖台を綺麗《きれい》に洗い流し、遺体の処置に取りかかった。ステンレスの解剖台に寝かされた遺体は腐敗が進み、通常の処置が難しい。皮膚が脆《もろ》くなっているので、縫合糸をあまり強く引っ張ると裂けてしまうのだ。

　二人は切開創《せっかいそう》をいつもより太い糸で、皮膚を傷めないよう注意深く縫い合わせた。創《そう》の上には分厚く畳んだガーゼを当て、体幹部をサラシで巻き上げる。

　残念ながら生前の姿と同じとまではいかないが、それが遺体を葬儀業者に引き渡す前に、二人ができる最善の処置なのだった。

　それを済ませてから、篤臣はゴム引きのエプロンの汚れを洗い流し、軍手とその下に二重に嵌めていたゴム手袋を外して、書記席に腰を下ろした。

　まだフル装備の美卯が、長靴をガポガポ鳴らしながら机の前に立つ。

「……直接死因は窒息、その原因は頸部絞窄《けいぶこうさく》。死因の分類は……死体所見だけじゃ自絞死の可能性も否定できないけれど、状況を加味すると、他殺とするのが妥当。どう？　異論はある？」

「ありません」

「オッケー。あと、死亡日時と事件発生日時は……」

「腐敗の度合い……腐敗疱《ふはいほう》の発生が全身に見られましたから、それを考えると、教科書的には死後三日から四日……」

「うん」

「でも、閉めきった室内の気温はこの季節、日中には相当高くなるはずですよね。一日早めて、二日から三日ってところだと思うんですけど」

篤臣の分析に、美卯は口の端を少しほころばせた。

「そうね。調書の内容とも矛盾はないし、私もその見立てに賛成よ。ただ、内臓腐敗の程度を併せて考えると、いくらなんでも二日は早いかなって感じるわ。約三日っていうのが妥当な線じゃないかしら」

「じゃあ、それで書いていきます」

美卯の同意を受けて、篤臣はペンを取り、死体検案書を書き始める。

その頭の上から、美卯の温かな声が聞こえた。

「やっと、リハビリ期間終了ってところかしら。冴《さ》えてきたわね、永福先生」

「……ホントですか?」

篤臣は顔を上げ、弾んだ声を上げた。鑑定医としての緊張をひとまず解き、美卯は実験室で見せるようなリラックスした笑顔で頷いた。

「うん。今日は、すごく作業がやりやすかったもの。息が合ってきた気がしたわ」

「あ、それは俺も感じました。はー、よかった。これでようやく、時差ボケ卒業ですね」

「ふふ、もしかしたら、単にプロフェッサー不在でリラックスしてたせいかもしれないけど？」

「あ、もう。持ち上げたと思ったら即落とすんだから、美卯さんは」

「褒めすぎて舞い上がらないようにっていう姉心なのよ。ほら、早く書いて。手が止まってるわよ」

「うわあ、はいっ」

篤臣は慌てて検案書の記載を再開する。

「書けたら見せて」

そう言って、美卯は書記机を離れ、解剖器具の洗浄に取りかかった。

と、不意に解剖室の扉がノックされた。葬儀業者が来たのかと、篤臣は立っていって細く扉を開けた。

「……あ」

そこに立っていたのは、ケーシー姿の小田だった。オペ上がりなのか、裸足《はだし》にサンダル履きで、白髪交じりの短い髪には妙な癖がついている。

「小田先生……？」

「悪いね、こんなとこまで押しかけて。秘書さんが、そろそろ解剖が終わる頃だって教えてくれたもんだから」

「あ……はい、もう少しで」

「そっか。じゃあ、第二講堂のロビーで待ってる。急がなくていいよ」

人当たりのいい笑顔でそう言い、小田はクルリと踵《きびす》を返す。篤臣は、大慌てで検案書を仕上げにかかった。


学生たちはとうに帰り、ガランとした廊下に自分の荒い息だけが響く。

検案書を書き上げ、解剖室の後始末を終えた篤臣は、小田に指定された第二講堂へと走った。

いつもは遺族に死体検案書を手渡す場にも同席させてもらうのだが、美卯には事情を話してパスさせてもらった。

「ああ。急がなくていいって言ったのに、永福先生。君も江南先生に負けず劣らず律儀だなあ」

夕暮れが迫り、薄暗いロビーのベンチに座った小田は、すごい勢いで駆け込んできた篤臣の姿に苦笑いでそう言った。

「すい……ません、お待たせ、してしまって」

息を弾ませ、篤臣は小田にペコリと頭を下げる。そんな篤臣に向かいのベンチを勧め、小田は、傍らに置いてあった缶コーヒーを差し出した。

ている。


「いつも安いおもてなしで悪いけど、どうぞ。解剖、お疲れさん」

「先生こそ、お疲れさまでです。オペに入っておられたんですか?」

篤臣は、ありがたく缶コーヒーを受け取った。冷たい缶の表面は、びっしょりと汗をかいている。

「うん。さっき終わった。江南先生が、術後のフォローをしてくれてるよ」

それにしても、解剖室ってのはすごい臭《にお》いがするもんだね……と笑われ、篤臣は恥ずかしそうに謝った。

「すみません。今日のは腐敗が酷《ひど》かったんで。……あの、俺、臭ってますよね」

「少しばかり。でも仕方がないよ。臭いの粒子は、肌や髪にくっついてなかなか離れないからね。僕らもオペ後は、露出していた部分が血なまぐさい気がすることがある」

「それでも……すいません。俺たちは慣れてますけど、普通の人には嫌ですよね。……ええと、遠慮なくいただきます」

篤臣はほんの少し座り位置をずらして小田との距離を長くし、缶コーヒーのタブを押し込んだ。

解剖中は、所見を取ったり警察官に指示を飛ばしたりと、意外に声を張り上げる機会が多い。渇いた喉《のど》に、冷たくて甘いコーヒーが心地よく染み通った。

「あの……それで……」

　人心地がついた篤臣は缶を足元に置き、両手を膝に置いて背筋を伸ばした。

「今日は、この前のお話ですよね。その……江南を説得、っていう」

「うん、まあ……」

　篤臣は、がばっと頭を下げた。

「申し訳ありませんっ！　先生のお気持ちをわかっていながら……その、話の成り行きで、真逆の方向に」

　ちょっと面食らったように細い目をパチパチさせた小田は、ああ、と頷いた。

「そんなに恐縮してくれなくていいよ。君に会ったとき、そうなるんじゃないかって気はしてたんだ」

「……は？」

「全然違う性格に見えて、君と江南先生は、実は相当似た者どうしだと思ったからね」

「俺と……江南が、ですか？」

　篤臣は少し驚いて問い返す。小田は、屈託のない笑顔で頷いた。

「うん。江南先生に比べれば、永福先生はうんと温厚な雰囲気だけど……実は、江南先生と同じくらいか、あるいはもっと頑固なんじゃないかと思ったよ」

「そう……でしょうか」

「話しているうちに、なんとなくわかった。君も江南先生と同じように、曲がったことが大嫌いで、男気があって、生真面目な質《たち》だって」

「小田先生……」

「カップルなんだから、似てて当然かな。だから正直、あんまり期待してなかったよ」

「すみません。でも、江南は今でも本気で、小田先生に教授になってほしいと思ってます」

篤臣の言葉に、小田はストレートに困惑の面持ちになる。だが篤臣は、かまわず話を続けた。

「同情でも義理でもなんでもなく、あいつは自分の心に正直に行動しているだけです。だから……妙な言い方ですけど、先生が、江南に対して気を遣うとか、罪の意識を感じるとか、そんな必要はないんです」

「永福先生、それは」

「江南は、いつだって思ったとおりにしか動けない奴です。ですから、言うことをきかない我が儘な部下だと思って、好きにやらせてやってください。お願いします」

一息に言って、篤臣は再度、深く頭を下げた。そのままじっと、小田の反応を待つ。

十数秒の沈黙のあと、篤臣の耳に飛び込んできたのは、小田の静かな問いかけだった。

「君はそれでいいのかい？」

篤臣はゆっくりと頭を上げる。小田は、労るような眼差《まなざ》しで、篤臣を見ていた。

篤臣は、小田の視線をしっかり受け止め、頷いた。

「何が起こっても、覚悟の上です。あいつの背中を押したってことは、俺もあいつと一緒に戦ってるってことですから。どんな結果が跳ね返ってこようと、俺にとってもそれは、自業自得なんです」

気負いなく、けれど芯《しん》の強さを感じさせる声でそう言った篤臣を、小田はどこか眩《まぶ》しげに見た。

「わかった。これ以上は、お節介が過ぎるな。この話は、これまでにするよ」

「……本当にすみません。心配して頂いたのに、江南も俺も失礼な態度で」

「いや。それより、君にこんなふうに抜け駆けでコンタクトを取ったことを、江南先生には内緒にしてくれるかい？　彼は根回しなんて大嫌いだろうから」

どちらかといえば、江南にそのことを今さら言えないのは篤臣のほうだ。小田は、それを察して、先手を打ってくれたらしい。

そんな小田の心遣いに、篤臣はあらためて感謝の念を深くした。

「でも、個人的には、君と話せてよかった。江南先生の相棒がどんな人かを知ることができて、嬉しいよ」

「小田先生……」

「連れていかないと宣言したくせに、やっぱり慕ってくる子は可愛《かわい》いもんでね。江南先生のことが心配だったんだ。あんなに真っすぐな人間は、そのうちぽっきり折れてしまうだろうって。だけど……」

小田はニコッと笑って、両手のひとさし指を立て、その側面をくっつけてみせた。

「真っすぐな人間が二人くっついていれば、そう簡単に折れはしないだろうと、今は思える。ますますこの場所に未練がなくなった。……ありがとう」

立ち上がった小田は、そう言って篤臣に右手を差し出す。

「あ……」

弾《はじ》かれたように自分も立ち上がったものの、篤臣は、一瞬戸惑った。

本当は、江南の望むとおり、小田がここに留《とど》まり、教授として活躍してくれればいいのに。篤臣の胸には、まだそんな願いがある。

だが、誰よりも現状を把握しており、本来なら自分のことだけで精いっぱいのはずなのに、小田はなお江南と篤臣のことを心配してくれているのだ。そんな彼に、自分の勝手な希望など言うわけにはいかない。

それに、どこまでいっても篤臣は部外者であり、この問題にこれ以上立ち入るべきではないのだ。

「こちらこそ。江南のこと……俺のことまでいろいろ心配してくださって、ありがとうございます」

だから篤臣は、ただ感謝の言葉だけを口にした。そして、江南と同じようにかさついた小

田の手を、強く握った……。

＊　＊

これで、教授選のことは片がついた。

篤臣はそう思っていた。

結果がどうあれ……と江南は口癖のように小田勝利の可能性を残した表現をしたが、下馬評では、ことごとく岡沢教授の圧倒的勝利という予想だった。

口の堅い城北教授ですら、あるときセミナー室でぽつりと、「小田君も気の毒に」とこぼしてしまったほど、誰もが小田の敗北を確実視していた。

おそらく小田は、予定どおり大学を去り、数少ない仲間を連れてF総合病院に移るのだろう。

そして、岡沢は教授に就任し、新しい教室の方針を打ち出していくだろう。

そのとき、新教授である岡沢が江南をどう扱おうと……たとえ江南が大学を追われることになろうと、自分はどこまでも江南と一緒に行こう。篤臣は、そう決意を固めていた。

せっかく復帰したばかりの職場であるし、やはり自分にとって、法医学はとてもやりがいのある仕事だとあらためて感じている。

城北教授と美卯という優れた上司に恵まれ、これ以上の職場は望めないとも思う。

それでも……。

どんな仕事でも、唯一無二の相棒の人生ほどは重くない。今の篤臣は、なんの迷いもなくそう言いきることができる。

江南が小さなボートで荒海に漕《こ》ぎ出そうとするなら、自分もともにオールを握る。篤臣はそう決めたのだ。

「あらあら。江南君が留学するとき、俺の仕事はどうでもいいのかってぶち切れた人の言葉とは思えないわねぇ。彼にどこまでもつきあうなんて」

篤臣が実験室で正直な思いを打ち明けたとき、美卯は笑いながらそんな皮肉を言った。

「ホントですよね。でも、やっぱあいつは、これからの人生をずっと一緒に過ごしたいって思ったただひとりの奴ですから」

「だから、自分の仕事は犠牲にしても平気？」

「犠牲だとは思いません。俺がそうしたいと願ってるんですから。……でも、全然平気じゃないですよ」

「本当？」

「当たり前じゃないですか。俺、ここ大好きです。城北先生から戻ってきていいってメールが来たとき、マジで小躍りしちゃったんですから。それに……美卯さんも、俺と江南にとってはかけがえのない恩人ですし」

これまで、江南と篤臣を結びつけるためにさんざん心を砕いてくれた美卯だ。篤臣は、素直な気持ちを言葉にした。だが、それは美卯にとってはいささか照れくさすぎる台詞だったらしい。

「……永福君、アメリカに行ってるあいだに、江南君の恥ずかしいこと言う癖がうつったんじゃないの?」

彼女は、顰めっ面とも呆《あき》れ顔ともつかない妙な表情をした。それでもそのアーモンド形の目は、どうしようもなく笑ってしまっている。

「……すいません」

「ホントよ。それに、せっかく戻ってきてくれて、私も少しは楽ができるようになるかと思ったのに、また出ていくつもりなんて」

「うう……それはホントに、どう謝っていいか。いざそのときが来たら、城北先生にどう言えばいいのか、俺、今から頭が痛いですよ」

沈痛な面持ちでそう言う篤臣に、美卯はチューブキャップにサンプル番号を書き込みながら言った。

「城北先生なら、いくらでも転勤先を紹介してくれるわよ。交友関係が広いし、法医学教室なんて、どこも慢性的に人手不足なんだから」

「そ、そりゃそうでしょうけど」

「ただし、顔には出さなくても、ガッカリされるでしょうけどね。永福君が教室に入ってきたとき、ホントに嬉しそうにしておられたから。戻ってくるって聞いたときも」

「うう……」

篤臣は、今日は朝から他大学に講義に出ている城北教授のことを思った。

いつも温厚で冷静沈着、美卯や篤臣を放任しているように見えて、そのくせ大事なポイントはしっかり押さえている。それが城北という人物だ。

普段、あまり私的な会話はしないし、表情を顔に出すことも少ないが、それでも城北が二人の教室員のことを気にかけてくれていることは、数少ない言葉を通じて彼らには伝わっている。

「教授にも美卯さんにも、ほんと申し訳ないです……」

篤臣が、肩を落として沈んだ声を出したとき、ふと、少し離れたところから、第三の声が飛んできた。

「らしくもないな。すっかり諦《あきら》めモードか？」

二人に歩み寄ってきたのは、ワイシャツ・ネクタイに白衣というお馴染《なじ》みのスタイルの楢崎だった。

手には、一目で血液とわかる液体が入った、赤いキャップのチューブがズラリと並んだ金属製スタンドを持っている。

「わっ、楢崎っ！」

ビックリして、篤臣はスツールから転げ落ちそうになる。神出鬼没の内科医を、美卯はちょっと意地悪な口調でからかった。

「まるで忍者ね。また聞き耳？」

「酷いなあ。俺が向こうの入り口から入ってきたのに、お二人とも話に夢中で、気がついてくれなかったんじゃないですか」

さすがに軽く憤慨した顔つきの楢崎に、美卯は肩を竦《すく》めて謝った。

「ごめんごめん、冗談よ。それ、サンプル？」

「ええ、ボランティアから採血させてもらったものです」

「抗凝固剤、ちゃんと入れた？」

「採血したのは僕じゃないんですが、見たところ大丈夫そうですよ」

「オッケー。じゃ、疑ったお詫《わ》びに、遠心かけてきてあげる」

そう言って、美卯は席を立った。楢崎は、苦笑いでかぶりを振る。

「そんな。いいですよ、どうせ向こうの遠心分離器にセットすればいいだけでしょう？」

「それがね。昨日からあの機械、調子が悪くて。明日、修理に来てもらう予定なのよ。今日は、下の共同機器センターのやつを使わせてもらってるの」

「ああ……なるほど」

「今日だけの我慢だし、わざわざあなたにあっちの機械の使い方を覚えてもらうのも無駄でしょ。私が行ってくるわ。ここで待ってて」

「そういうことなら。すみませんが、よろしくお願いします」

「了解。お茶でも飲んでてよ。空いてれば、すぐ終わるから」

美卯はサンプルを入れたアイスボックスを楢崎から受け取り、実験室を出ていった。

美卯の背中を見送り、楢崎はスツールに腰を下ろして篤臣を見た。

「で、どうした？　えらくネガティブなことを言ってたじゃないか」

篤臣は、決まり悪そうに、サンプルにもらった色とりどりのチューブを弄《もてあそ》びながら言い返した。

「仕方ないだろ。何も考えずに教授選が終わるのを待ってるわけにはいかないんだから」

「そりゃそうだろうが、それにしたってお前と江南なら、もっと前向きに物事を考えるもんだと思ってたよ」

「前向きって……？」

楢崎は、遠心分離が終わった血液からバフィコートを分離するための新しいチューブをスタンドに並べながら言った。

「江南は着実に力をつけてきた奴だ。留学の成果だって、ちゃんと論文にしたんだろ？」

「ああ。もう雑誌掲載が決まってるらしい」

「だったら、計算高い岡沢助教授のことだ、使い道のある奴だと判断して、江南を教室に残すかもしれないぞ？」

「それだって、下っ端としてこき使われるだけだろうって、小田先生が言ってた」

「ふむ。それはそうかもな」

涼しい顔でしれっと言ってのけた楢崎を、篤臣は恨めしげに睨《にら》む。

「なんだよ、全然ポジティブじゃないじゃねえかよ」

「すまん。……だったら……」

楢崎は癇性《かんしょう》に眼鏡の位置を直し、しばらく考えてからこう言った。

「究極の希望的観測として、小田先生が教授選の勝者になる、ってのは？」

「……お前、そんなことあり得ないと思って言ったろ、今。声が空々しかったぞ」

「ばれたか」

悪びれない楢崎の態度に嘆息して、篤臣は頬杖《ほおづえ》をついた。

「でも確かに、江南はまだその可能性を信じてる。いや、信じようとしてるみたいだ」

それを聞いて、楢崎は薄く笑った。

「そうでなくちゃな。あいつは学生時代から、憎たらしいくらいふてぶてしかった。同級生として頼もしかったよ。だから今回も、個人的にはあいつに挫折《ざせつ》してほしくないと思ってる」

「楢崎……」

「あいつの相方なら、心配性になってバランスを取らざるを得ないかもしれないが、まあ少しは楽天的になれよ、永福。一騎打ちなんだ、相手が落ちれば、ひとり勝ちって可能性もあるぜ」

「岡沢助教授が落ちるって？　どういう意味だよ」

「不祥事とか、不慮の事故とか。岡沢先生にだって、誰にでも起こるようなアンラッキーなハプニングが起こるかもだぞ？」

篤臣は呆れた顔つきで楢崎を見た。

病院にいるより、スーツを着て銀行の窓口にいるほうが似合いそうなこの男こそ、本物の楽天家かもしれないと思ったのだ。

だが篤臣がどうコメントしようかと考えているあいだに、楢崎は「そういえば」と話題を変えてしまった。

「さっきここに来る前に、うちから消化器外科に回した患者のオペの様子を見てきたんだ。小田先生が執刀医で、江南もオペ場に入ってるから、心配はしてないんだが、主治医として一応な。学生がたくさん見学に入ってたから、邪魔にならないようにすぐ出てきたけど」

「うん？」

「予想はしてたが、長くかかりそうだ。二人とも、朝イチからずっとオペ室に入りっ放しだよ。外科医はタフだな」

「……そうだな」

学生時代の、普段とは打って変わって鬼神のような迫力で手術をする小田を思い出し、篤臣は微笑した。きっと江南は、小田のテクニックを一つたりとも見落とすまいと、目を皿のようにしているに違いない。

「ついでに、美人秘書に挨拶《あいさつ》しに医局に寄ったら、大西がぶつくさ言ってた」

「大西が？　なんで？」

「あいつが主治医で、岡沢助教授が執刀した患者らしいんだが……」

楢崎は口元を歪め、片手で首を切る仕草をする。篤臣は顔を顰めた。

「……亡くなったのか」

「ああ。ところが遺族が、これは医療過誤じゃないのかって言い出したらしい。どうも、大西の説明に納得がいかない点があったらしいな」

「あー……」

「『白い巨塔』の見すぎじゃないかと言いたいところだが、あの岡沢助教授だろ。オペのミスだって考えられない話じゃないよな。よく動脈を傷つけて、景気よく血液を噴き上げちまうらしくてさ。輸血部の連中には、こっそり『水芸』って呼ばれてるらしいぜ」

「うわあ……」

「患者にしてみりゃ、テレビであんだけ雄弁な『名医』だ、腕も立つと思うものな。気の毒な話さ」

篤臣は思わず眉間《みけん》に片手を当てた。

最近、医療事故関連の訴訟は加速度的に増加傾向にある。弁護士たちも相当に張りきって裁判の準備をすることが多い。医師顔負けの医学知識を持つ弁護士も、最近では決して少なくないのだ。

病院としてもさぞ頭の痛いことだろうとぼんやり思っていた篤臣は、楢崎のさりげない言葉に飛び上がるはめになった。

「仕方がないから遺族と話し合って、じゃあ病理解剖してもらいましょうってことになったんだが、きっと裁判になるから面倒だ……って言ってたぞ、大西。あいつも大変そうだな」

「何ぃ!?」

マンガのようなアクションでスツールを倒し、篤臣は立ち上がった。その顔に浮かぶ驚《きよう》愕《がく》の表情に、楢崎は首を捻《ひね》る。

「なんだ？　お前、大西がそんなに心配か？　お前ら仲悪かったんじゃ……」

「そういうこっちゃねえ！　誰だ、遺族に病理解剖を勧めた奴は!?」

「そりゃ、主治医の大西なんじゃないか？　岡沢先生は出張中だって言ってたしな」

「……あの馬鹿……！　学生時代、法医の講義を真面目に聞いてなかったな！」

篤臣は机をドンと叩いた。チューブスタンドやピペットマンが、振動で乾いた音を立てる。

篤臣の突然の激昂《げっこう》に、楢崎は怪訝《けげん》そうに問いかけた。

「俺は幸い、今のところ医療事故にかかわったことはないから、そんなもんかと思って聞いてたんだが……何か違うのか？」

篤臣は、憤懣《ふんまん》やるかたない表情で早口に言った。

「以前はそういうケースがほとんどだったって聞くけど、今は医療訴訟がすごく多いだろ？」

「ああ」

「だからこそ、最初の段階できちんとやっとかないと、あとで必要以上に揉《も》めるんだ」

「というと？」

「医療過誤の可能性が少しでもあるなら、それは犯罪がかかわってる可能性があるってことだ。言葉は物騒だけどさ」

篤臣の説明に、楢崎は思慮深げに頷く。

「それはそうだな」

「ってことはつまり、きちんと所轄警察署に届け出た上で、やるんなら病理解剖じゃなく、司法解剖をやるべきなんだよ。裁判沙汰《ざた》になると予想がついてるなら、余計にな」

「……ふうん」

「だいたいその病理解剖って、うちの病理でやらせるつもりなんだろ？　考えてもみろよ。同じ大学の人間が解剖するんだぞ？　いいわけないだろう」

　楢崎は、ようやく合点がいった様子で手を打った。

「ああ、なるほど。遺族にしてみれば、たとえ解剖が行われたとしても、病院内で医療事故の揉み消し工作がなされたんじゃないかって疑いが拭いきれないな」

「そういうことだ」

「じゃあ、司法解剖をするとしても、永福たちがやるわけにもいかないんだな？　お前たちも、いわゆる同僚扱いだもんな」

「そういうことだ。最近じゃ大抵、他大学の法医学教室で司法解剖をする。そうすりゃ、少なくとも第三者によって公正な解剖が行われたってことが、遺族にわかるだろ？　病院側だって、余計な臆測《おくそく》や疑いを持たれるよりは、ずっといいはずだ」

「なるほど。思いがけず、勉強になったよ。ありがとう、永福。これからの人生で、自分が一度や二度は医療訴訟の当事者になることもあるだろうからな。聞いておいてよかった」

　縁起でもないことを言って、楢崎はふむふむと感心したように頷く。

　篤臣は、ムッとした顔のままで言った。

「その病理解剖、いつの予定だよ。うちの教授が帰ってきたら、消化器外科と病理と遺族にナシつけて、きちんとしたほうがいい」

楢崎は、腕時計に視線を落とし、眉を上げた。

「三時半から開始だと言ってたから、あと十分くらいだな」

「ああ⁉」

篤臣は、キッと楢崎を見据えた。

「冗談じゃねえ。俺がその話を聞いちまった以上、このままほっとくわけにはいかない！」

「って、永福、お前、どうす……」

「おい楢崎、お前、美卯さんに今の話をして、うちの教授に連絡取ってもらってくれ。俺、とりあえずその解剖、止めてくるっ！」

楢崎の返事も待たず、篤臣はものすごい勢いで実験室を飛び出していく。

ポカンと口を開いて、クールな顔を台無しにしていた楢崎は、「……なるほど」と呟き、立ち上がった。

「そういや学生時代から、一見穏やかそうに見えて、頭に血が上ると突撃タイプだったなあ、あいつ。相変わらずは、江南だけじゃないってことか。……それにしても、俺はいいことをしたのか、余計なことをしたのか、どっちなんだろうな……」

どこか楽しげな独り言を口にして、楢崎は美卯を呼び戻すべく、共同機器センターへと向かった……。

文字どおり鉄砲玉のような勢いで病理解剖室に飛び込んだ篤臣の機転で、解剖はひとまず開始直前で中止された。

美卯から連絡を受け、城北は急遽《きゅうきょ》予定をキャンセルして法医学教室に戻り、出張中の岡沢助教授と電話で話し合った。

そして、あらためて警察に事件として通報の上、患者の遺体は翌日の午前、Y医科大学法医学教室で司法解剖されることとなった。

途中からすべてを城北教授に委《ゆだ》ねたので、篤臣自身が消化器外科の医局に顔を出すことはなかった。

だが、手術室から戻ってきた江南は、話を聞いただけでそれが篤臣だとピンと来たらしい。その夜遅く、篤臣が寝支度をしていたとき、電話をかけてきた。

『おう、篤臣。起こしてしもたか?』

受話器の向こうから聞こえる声には、隠しきれない疲労が滲《にじ》んでいる。篤臣は、江南に寄り添うように、受話器を耳に強く押し当てた。

「いや、大丈夫。寝ようかと思ってたとこだ。仕事、お疲れさん。今日も帰れそうにないのか?」

『すまん。今日オペした患者、術後の経過が気になってな』

「いや、気にすんなよ。……小田先生が執刀した患者さんだろ？」

『せや。難しいオペでな。小田先生が、目いっぱい腕をふるってくれはったんや。せめて主治医として、フォローは俺がきっちりやらんとな』

疲れていても、江南の声には張りがあった。小田のテクニックを目の当たりにして、気分が高揚しているのだろう。少年のように目を輝かせる江南の顔が容易に想像できて、篤臣の顔には微笑が浮かぶ。

「うん。身体壊さないように頑張れよ」

『おう。それより、大西のアレ、お前か？』

今一つ意味をなさない文章だが、当事者には十分に通じる。篤臣は受話器を持ったまま頷いた。

「うん、俺。楢崎にその話を聞いちゃったから、どうしても知らないふりはできなくてさ。出しゃばったことしちまったかと思ったけど……」

『いや。当然のことや。今どき、遺族が医療過誤やて言うとるもんを、自分の大学で病理解剖にするアホがおるかい。おるとしたら、よっぽどのアホか、最初からごまかす気やったか、どっちかや』

「……だよな」

『もうちょっとで、つか下手したら、消化器外科が恥かくどころか、大学の名前にえらい傷つけるかもしれへんとこやったんや。お前に助けられたようなもんやで』

「そんな、大袈裟《おおげさ》だよ」

『大袈裟やあれへん。ようやってくれた。ありがとうな、篤臣』

「なんでお前が礼なんか言ってんだよ」

篤臣の照れ笑い交じりの声に、江南は真面目な調子で言った。

『大西のアホは、意地でもお前に礼なんぞ言わんやろからな。同じ消外の人間として、俺が言うんや。……小田先生も、お前によろしゅう言うといてくれて』

「そんな……。頑張ったのは俺じゃなくて、城北先生だって」

『それでも、城北先生は外に出てはったんやろ？　解剖が始まってしもとったら、どうにもならんかった。お前が止めてくれたおかげや。……さすが、俺の自慢の嫁やで』

「嫁って言うなって何度言えばわかるんだよお前はッ」

電話の向こうで、江南が小さく笑う声が聞こえた。怒りつつも、江南が笑っていることに、どうしようもなく安堵してしまう篤臣である。

『まあ、お前も今日は疲れたやろ。ゆっくり寝ろや。明日は帰れると思う。遅なると思うから、晩飯はいらんけどな』

江南は、まだ笑いを溶かした声でそう言った。

「そっか。じゃあ、話はそのときにな。お前も、ちょっとくらいは隙《すき》見て寝ろよ？」

『わかっとる。ほな、おやすみ』

「おやすみ」

そっと受話器を戻し、篤臣は深く息を吐いた。

正直なところ、篤臣の行為は、一つ間違えば、病理学教室に「縄張り荒らし」と誤解を受けかねない危険をはらんでいた。

何しろ、助手の分際で人さまの解剖室に殴り込み、

「その解剖、待ったぁ！」

と、渾身《こんしん》の怒鳴り声で開始寸前の解剖を強引に中止させてしまったのだから。

実際、現場で病理学教室の人々と小競り合いになり、遅れて駆けつけた美卯が仲裁に入らなければ、とんでもない喧嘩に発展するところだった。

もっとも、今回のことについては、理は篤臣にある。

その上、人格者で知られる城北教授が、礼を尽くして病理学教室の教授と話し、若い研究者の情熱と正義感がさせたことだから、と取りなしてくれたために、どうにか禍根を残さずに済んだのだが。

無論、死者とその遺族のためにも、現在の医療事故取り扱いの傾向を考慮しても、自分の取った行動が間違っていないと篤臣は自分でも確信している。

城北教授も、「非常時だったのだから仕方がない。ただし、次はもう少し落ち着いて、で

きる限り穏便に事を運びなさい」と、いつもの穏やかな口調で篤臣の行動をおおむね肯定してくれた。

それでも、やはり自分がいたずらに事を大きくしてしまったのではないか、ただでさえ身内の死を悲しんでいる遺族に精神的な負担をかけてしまったのではないかと、篤臣は密《ひそ》かに気に病んでいた。

だからこそ、江南が「よくやった」と言ってくれたことが、今の篤臣には何より嬉しかったのだ。

「大西の野郎を結果的に助けちまったのはムカックけど……でも」

(でも、お前のためにもなったんなら、俺はそれでいいや……江南)

まるで江南におやすみのキスでもするように指輪にそっと唇を押し当て、篤臣は我知らず微笑んだ。

それから一週間ほど経ったある日のこと。

「大西を助けた」ことになったと思っていた篤臣の行動は、突如、思わぬ方向に波紋を広げた。

夕方、解剖から戻り、セミナー室で夕刊を広げた篤臣は、驚いて大声を出した。

「うわっ!」

「何よ。どっかで宇宙人の死体でも見つかったの?」

「それとも、ネッシー撮影に成功か?」

同じテーブルでお茶を飲んでいた美卯と楢崎も、篤臣の驚きの理由を知るべく、立ち上がって新聞を覗き込む。

「そんな奇天烈《きてれつ》なことじゃなくて。これ。ほら、あの事件ですよ!」

篤臣が指さしたのは、社会面の記事だった。素早く目を通した楢崎が、「おっ」と眼鏡の奥の目を光らせる。

それは、病理解剖を寸前で中止させ、他学での司法解剖に持ち込んだ、例の消化器外科の一件だった。

「ふーん……。私たち、司法解剖の結果は知らされてなかったけど、やばそうな展開ね」

美卯は形のいい眉をひそめてそう言った。楢崎も頷く。

新聞記事は、どうやら遺族から持ち込まれた訴えを元に書かれたものらしかった。

そこには家族が患者の死に疑問を抱いたことや、主治医に病理解剖を勧められたが、寸前でそれが中止になり、他学での司法解剖に至った経緯などが書かれていた。

そして、司法解剖の結果、死因が患者の抱えていた疾患そのものではなく、手術時の縫合不全から来る腹膜炎であると判断されたということもハッキリ記されていた。

「これって、要は思いきり医療過誤ってことだよな?」

篤臣の問いかけに、楢崎は即座に頷いた。

「そのようだな。しかし、偶然ならともかく、このM新聞を故意に選んで話を持ち込んだとしたら、遺族か、彼らについた弁護士はなかなかにしたたかだぞ」

「どういう意味？　楢崎君」

美卯は首を傾《かし》げる。楢崎は、常識を語る口調で言った。

「臨床医のあいだじゃ有名ですよ。M新聞は、医療過誤で病院を叩くのが大好きだってことで」

「へえ。確かに、いかにも消化器外科が証拠隠しを謀ったことを示唆するような書きっぷりだわね」

美卯は感心しきりの口調で言った。

篤臣は、そんな美卯と楢崎を見比べて口を開く。

「でも、執刀医は大西じゃなくて岡沢助教授だったんだろ？　ってことは、ミスしたのは岡沢先生ってことだよな？」

楢崎は、いつもの気障《きざ》な仕草で眼鏡を押し上げ、篤臣を見た。

「そういうこと。このあとの猿芝居が目に浮かぶようだ」

「猿芝居って？」

「臨床の常識ってやつさ。ま、楽しみに見てろよ。……さて、俺はそろそろ職場に戻るとしよう。あまり油を売ってばかりいちゃ、看護師長に怒られる。じゃあな」

「あ、おい、楢崎……。ちぇっ、はぐらかしやがって。ねえ美卯さん、臨床の常識ってなんです?」

「私が知るわけないでしょ。根っから基礎の人なのに」

「……ですよね」

残された基礎医学の二人は、新聞記事を再度眺め、首を捻った。


その疑問が解けたのは、翌日の昼過ぎだった。

医療過誤揉み消し疑惑の記事は、たちまち他紙の朝刊をも飾った。

消化器外科が教授選を直前に控えており、執刀医が候補者のひとり、しかもテレビで人気の岡沢助教授であったことから、ワイドショーの格好のネタとばかり、放送各局も病院に押しかけた。

そこで大学病院は、病院長と岡沢助教授、そして病院の顧問弁護士の三人で、急遽記者会見を開いたのである。

その席で、岡沢助教授は堂々とした態度でこう言った。

自分は出張先で、主治医から患者の死亡報告を受けた。

だが、遺族が患者の死に疑問を持っているという報告は受けておらず、従って、病理解剖を指示したのは自分ではない。

おそらく、医事法制の知識に乏しい主治医が、無知ゆえにそのような不用意な決定を下してしまったのだろう。教授不在の今、教室を統率する立場でこのような監督不行届は、まことに恥じ入るばかりである。

また、司法解剖の結果、医療過誤が指摘されているようだが、手術の際、自分も人間であるから、そのようなミスを犯す可能性がゼロではない。

ただ、もし自分が術後ずっと患者を診察できていたら、縫合不全の症状にもっと早く気づけていただろう。

患者さんとご遺族には、まことに申し訳ないことをした。誠心誠意、対応したい……と。

非の打ちどころのない謝罪、そして同時に自分には責任はあっても罪はないという素晴らしい弁解を、岡沢は見事にやってのけた。

清潔で誠実そうなルックスとよく通る声、そして澱みのない語り口は、テレビを見ている一般人たちには、大いに説得力を発揮しただろう。

「……これが、楢崎の言ってた臨床の常識っていう猿芝居ですか?」

テレビのスイッチを切って、篤臣は呆れ顔で言った。美卯も、げんなりした様子で肩を竦める。

「さあ。少なくとも、すべてのミスが主治医におっ被《かぶ》せられたのは確かね。病理解剖を指示したのは主治医、縫合不全に気づかず、患者が死に至るまで放置したのも主治医。僕は手術の手技と監督不行届以外に責められることはありません、ってね。本当かどうかは知らないけど」

「……全部、大西のせいってことに……」

篤臣は、優しい眉を曇らせた。

大西を毛虫のように嫌悪している篤臣だが、元来お人好《ひとよ》しな性格だけに、こういう事態になると少々気の毒に思わないでもないのだ。

「あいつ、どうなるんですかね」

少し沈んだ篤臣の声に、美卯は投げやりに答えた。

「知らないわ。でも、いくらなんでも、これじゃ医局にはいたたまれないでしょうね」

「……ですよね。大丈夫かな。俺、あいつのこと助けたつもりだったのに、結局ややこしいことに……」

「何言ってるの。病理解剖をしちゃったあとで、延々揉めてみなさいよ。結局泥仕合で、遺族も主治医も病院も、一生真実の見えないことを巡って争うはめになるのよ。みんなが傷つくわ」

「そりゃ、そうですけど」

「やばい雲行きっていっても、これは正しい方向性なんだから、いいの。医局内の争いやら陰謀やらは、好きにさせときゃいいのよ」

美卯はキッパリと言った。

「美卯さん……。ありがとうございます」

先輩の励ましに、篤臣はしんみり笑って頷く。

「それに、人さまの心配なんかしてる場合じゃないでしょ。ほら、こないだの団体さんのDNA、とっととタイピングしちゃわなきゃ。行くわよ」

美卯はもはやこの問題に興味を失った様子でセミナー室を出ていく。篤臣はまだ少し気がかりに思いながらも、美卯を手伝うべく、実験室へ向かった。


渦中の人、大西が法医学教室に現れたのは、その翌日のことだった。

フリーザー室からサンプルを持って出てきたところで、篤臣は廊下を歩いてくる人影に気づき、足を止めた。

「あれ、大西？」

次の瞬間、篤臣は驚いて目を丸くした。大西の少し後ろをついてくる男の姿……それは紛れもなく、江南だったのだ。

「大西？　江南？　なんでお前ら二人……」

「よう、ジュリエ……じゃなかった、永福」

篤臣の前で足を止めた大西は、決まり悪そうに、角刈りの頭をぼりぼりと掻《か》いた。

「おい、はよ言わんかい」

江南が、そんな大西の背中をどやしつける。

「なんだよ」

篤臣は、キョトンとして大西と江南を見比べる。学生時代から、この二人が連れ立って歩いているところなど、一度も見たことがない。どうにも珍妙な光景だった。

「その……こないだは、世話んなった。面倒かけて、すまん」

江南に促され、大西はそう言って篤臣に深く頭を下げた。期待も予想もしていなかった感謝の言葉に、篤臣は本気でポカンとしてしまう。

「あの……でも俺。つか、俺のせいで、お前、なんか大変なことに」

「いや。あれはまた別の話だ。……お前のおかげで、遺族の人にもきちんと筋を通すことができる」

大西は、初めて見る真面目な顔でそう言った。いつもはニヤニヤとたるんだ笑みを浮かべているごつい顔が、今はそれなりに引き締まって見えた。

「う……うん……。それならよかったけど」

戸惑いながらも、当事者から礼を言われ、篤臣は安堵の息を吐く。

「こいつがな。お前に礼を言いに行くて言うから、ついてきたんや。監視しとかんと、またお前にちょっかい出されたらたまらんからな」

不機嫌な顔で、江南はそう言った。篤臣が江南に会うのは、二日ぶりである。会えない夜も電話で話してはいるが、やはり顔を見られると嬉しい篤臣である。……たとえ、この奇妙なシチュエーションでも。

「そ……そのためだけに来たのか、二人とも」

「いや。城北先生にも挨拶に。……それと、迷惑かけついでに、もう一つ頼み事をしようと思ってる」

「うちの教授に？　頼み事？」

ますます驚いて、篤臣は声のトーンを跳ね上げる。江南は、ぶすっとした顔で頷いた。

「こいつに、うっかりえらいこと打ち明けられてしもてな。思うところがあって、俺も同席するつもりや。篤臣、お前も来てくれへんか？」

「俺も？　い、いいけど。っていうか、いいのか？」

篤臣は大西を見る。大西は頷いた。

「頼めるなら、来てくれ。お前はここの人間だし、例の解剖に関係することだからな」

「……わかった。教授、今部屋にいるから」

いったい二人の用件が何かわからないままに、その真剣な態度に背中を押されるようにして、篤臣は教授室の扉をノックした。

教授室に入った大西は、まず城北教授に、先日の一件について、謝罪と感謝の言葉を述べた。

いつもは言動の粗雑な大西にしては最大限に丁寧なその挨拶を、城北教授は鷹揚《おうよう》な態度で受けた。

そして、江南には「久しぶりだね。元気そうで何より」と言葉をかけ、皆に椅子を勧めた。

立場上、一つのソファーにはど真ん中に城北教授、その向かいのソファーには男三人がひしめき合うというなんとも言えない光景で、「密談」はスタートした。

「で、外科の二人の用向きは何かな」

城北教授は、お気に入りのループタイを締め直しながら訊ねた。琥珀《こはく》の中に蚊が入った、なかなかに面白いタイである。

「実は、自分の潔白を証明するお力添えをお願いできないかと思いまして！」

大西は肩をいからせて切り出した。ただでさえ首が短いので、そうしていると牡牛《おうし》のように見える。

（そういやこいつ、大学時代はラグビー部だっけ）

江南ごしに大西を見て、篤臣はふとそんなことを思い出す。目上の人間に対しては過剰なまでにしゃちほこばる癖は、その頃身についたものかもしれない。

「大西君の潔白？　それは、あの医療過誤の件かね」

「はいっ。現在、病理解剖の指示を出したのも、縫合不全による症状を見落としたのも俺……いや、自分ということになっています。ですが、その……」

「違うのかね？」

穏やかな口調で、城北教授は先を促した。柔和な目は、隠し事を許さない厳格さを奥に秘め、大西をじっと観察している。

大西は、緊張の面持ちで頷いた。

「違います。自分は、患者さんが亡くなったとき、出張中の岡沢助教授に報告の電話をしました。腹膜炎の症状が急激に進みすぎて処置が間に合わなかったことも、縫合不全の可能性が高いと考えていることも、全部です」

「ふむ。それで？」

「そうしたら助教授は、家族への死因説明のときは、腹膜炎のことは伏せろと言いました。そして、病理に解剖を頼めと。そうすれば、あとは自分が帰ってから『話をつける』と」

篤臣は、驚いて問い返した。

「ちょっと待てよ、大西。それって、助教授は自分のミスに気づいてて、最初からそれを揉み消す気満々だったってわけかよ」

「……そうだ。病理の講師とは仲がいい。ある程度、手心を加えてもらえるって算段だったんだろうさ」

「そんな……！　じゃあ、あの記者会見で言ったこと、全然嘘なんじゃねえか！」

「おい、篤臣。ちょー落ち着け。お前がそないに興奮してどうすんねん」

「だ、だってさ……」

江南にたしなめられ、篤臣は不満げに口を尖らせる。

三人の会話をじっと聞いていた城北は、重々しく口を開いた。

「なるほど。大西君の言い分はわかった。しかし、証拠がなくては……」

「証拠ならあります」

早口に言って、大西はきついケーシーの胸ポケットを探り、マイクロテープをテーブルに置いた。

城北教授と篤臣は、不思議そうにそれを凝視する。

「これは？」

「自分は要領も頭も悪いんで、あとで聞き直して反省するために、ムンテラは全部録音してます。電話も、上司の指示を聞き漏らしたりしないように、必要なら録音できるようにしてあるんです。……これは、あのときの助教授とのやりとりを録音したものです」

（へえ……。こいつ、何もかもちゃらんぽらんなのかと思ってたら、意外に努力してるとこもあんだな）

大西の慎重な一面を知り、篤臣は心の中で感心する。どんな人間にも、いいところは一つくらいあるものらしい……と思っていると、城北がそっとテープを取り上げた。

「……聴いてもいいかね？」

「どうぞ」

城北教授に目配せで催促され、篤臣はセミナー室にあったプレーヤーを持ってきた。

やがて、教授室の中で、あの日の岡沢と大西の電話での会話が、生々しく再現される。

それはまさしく、さっき大西が言ったとおりのやりとりだった。

感情が顔に出やすい篤臣は、驚いたり憤ったり、負の百面相状態だったが、他の三人は、黙してじっと聞き入っていた。

やがて再生が終わり、篤臣は憤懣やるかたない表情で言った。

「信じられねえ！　よく、記者会見でいけしゃあしゃあとあんな嘘つけるもんだな！」

その言葉には、江南も同意する。

「まったくな。俺も、これ聴かされたとき、さすがにビビッた。俺も相当厚かましいほうやと思とったけど、上には上がおるもんや」

「ホントだな……」

「おい、そこは納得するとこやないやろ」

ゴホン！

隣どうしで揉めていた江南と篤臣は、城北教授の咳払《せきばら》いで慌てて黙る。

「……どう、でしょうか」

大西は巨体を屈《かが》めるようにして、城北の表情を窺《うかが》った。

城北はしばらく腕組みし、瞑目《めいもく》して考え込んでいたが、やがて目を開け、大西を見た。

「確かに、このテープを聞けば、大西先生の言うことが正しいと確信せざるを得ないな。法の下で医学を修める人間として、平然と人を欺き、嘘をつく人間を教授の座に就かせるわけにはいかん」

毅然《きぜん》とした口調で、城北は言った。大西のギョロリとした目が、希望に光った。

「では、城北先生……」

城北は、象に似た柔和な瞳に静かな決意を秘めて頷いた。

「このテープは、わたしが預かろう。ただし、大西先生」

「はいっ」

運動部出身者らしく、大西は太い腿《もも》の上に拳《こぶし》を揃《そろ》え、畏《かしこ》まる。

「君の潔白の証明には、少し時間をもらいたい」

「とおっしゃいますと？」

「わたしは法医学者であり、大学職員である。つまり、法を守ると同時に、大学を守る義務もあるということだ」

「そ、それって、岡沢助教授を教授にはさせないけど、大西には濡れ衣《ぎぬ》を着せられたままでいろってことですか？」

上司の意外な発言に、篤臣は怪訝そうに……少々非難めいた口調で訊ねる。城北は、若い部下を諭すような声音で答えた。

「早合点はいかんよ、若者。大西君の潔白を世間に知らしめるのは、せめて岡沢先生がこの大学を去ってからにしたいと、わたしは言っている。……大学の名をおとしめるゴシップは、最小限に留めたいからね」

「あ……す、すいません、俺」

篤臣は恥じ入って身体を小さくする。

「その点は納得して任せてくれるかね、大西先生。しばらくは、肩身が狭いままで我慢してもらわにゃならんが」

「はい。……よろしくお願いしますっ」

大西は立ち上がり、テーブルに額が激突しそうなほど深く頭を下げた。

だが江南は、少し心配そうな顔で言った。

「せやけど、城北先生。岡沢先生はT大出身です。教授会の中にも、T大派閥の先生が多いて聞いてます」

「……それが？」

「岡沢先生を叩く立場に立ちはったら、先生の大学での立場が悪くなったりはせえへんのですか？」

「あ……そういえば」

篤臣も眉根を寄せたが、城北は軽く首を振ってこう言った。

「どうかな。まあ、そのあたりは、古狸《ふるだぬき》の手管というやつで切り抜けようと思っているが」

「古狸の手管？　なんですか、それは」

「別名、年の功とも呼ばれる技だ。……どのみち定年まであと三年、失うものが何もない人間は強いよ、江南君」

城北はそう言って、ソファーにゆったりともたれ、チェシャ猫のような笑みを浮かべたのだった……。


二週間後。

教授会まであと一週間を残すばかりというときになって、岡沢は突如、教授選を辞退し、大学を去ることになった。

理由は、一身上の都合とのことだったが、城北が秘密裏に臨時教授会を開き、岡沢を糾弾したことは確実だった。

それにしても、マスコミに事前にまったく情報を漏らさない管理能力は、何か秘術を使ったとしか思えない見事さである。

さまざまな臆測が飛び交い、学内がにわかに騒然とする中、大西、江南、そして篤臣は、「古狸の手管」の不思議さと鮮やかさに、ただ感服するばかりだった。

＊　＊

そして……。

消化器外科の教授選は前代未聞の「候補者一名」状態で行われ、全員一致で、小田が新教授に選出された。

大学を去った岡沢は、噂では関西の有名私立医科大学の外科学教授に就任したらしい。

教授になった小田は、岡沢を支持していた医局員たちを追放しようとはしなかった。

江南に言わせると、医局の雰囲気は妙に和やかというか、呑気になりつつあるらしい。野戦病院のような消化器外科でも、やはりトップの気性がそれなりに反映されるものなのだろう。

そんなある日の夕方、仕事を終えた篤臣は、消化器外科の医局に向かった。

江南が早上がりできそうだというので、二人で食事に行くことにしたのだ。

普段は外で待ち合わせるのだが、小田に挨拶したい気持ちもあり、その日は篤臣が江南の職場に出向くことになった。

ちょうどエレベーターを降りたところで、分厚いカルテを何冊か抱えた江南と行き会う。

「おう、篤臣」

江南は空いた右手を挙げ、ニッと笑った。

白いケーシーを着込み、首から聴診器をぶら下げた江南の姿はいつにもまして精悍《せいかん》で、何度見ても篤臣はどきりとしてしまう。

「ま、まだかかりそうか?」

早まる鼓動をごまかすように早口で訊ねると、江南はカルテを持ち上げてみせた。

「これ片づけたら終わりや。医局で茶でも飲んで待っとったらええで」

「馬鹿、そんな厚かましいことできるかよ。このへんで待ってる」

「わかった。ほなな」

江南は慌ただしく、スリッパを鳴らしながら病棟のほうへ歩いていく。

(……やっぱあいつ、仕事してるときは滅茶苦茶《めちゃくちゃ》かっこいいな。俺なんか、実験室じゃダラダラだしなあ。せめて、解剖室ではあれくらいかっこよく見せたいなあ……)

遠ざかる広い背中に見とれていると、後ろから肩を叩かれた。

「！」

振り向くと、そこには小田が立っていた。

教授になっても、講師時代と同じ、よれた白衣姿だ。

「お、小田先生！　こんにちは。あ、あの、教授ご就任、おめでとうございます」

篤臣は慌てて、挨拶と祝いを同時に言った。

「まったく、余計なことをしてくれたもんだ。城北教授を担ぎ出したのは、大西先生じゃなく、実は君たちなんだろう？」

それが、小田の開口いちばんの台詞だった。篤臣は、深々と頭を下げる。

「すいません。俺……先生のお気持ちを知っていながら」

「まったくだよ。せっかく新天地で好き放題できると思ってたのに」

文句を言う小田の声は、言葉と裏腹に柔らかい。

「小田先生……」

戸惑う篤臣に、小田は相変わらずののほほんとした笑顔で言った。

「おかげで、似合わない肩書きを押しつけられて、大嫌いな会議や講義や社交まみれの人生だよ」

「す、すいません。俺たち、結果的に先生の邪魔、しちゃったんですよね」

「そういうことになるね」

さて、どう責任を取ってくれるのかな、と小田はおどけた調子で言い、白衣のポケットに両手を突っ込んだ。

篤臣は、申し訳なさそうに、けれど明るい声で言った。

「先生にはお気の毒なことをしてしまったと思います。でも……」

「でも？」

「我ながらどうしようもない性格だと思うんですけど、俺、江南の凹《へこ》んだ顔、どうしても見たくないんです」

「……それはまあ、パートナーとしちゃ当然だろうね」

「あいつ、本当に小田先生のことを尊敬してます。ずっとついていきたい師匠だと思ってます」

「……うん。まあ、その気持ちはありがたく思ってるよ。ちょっと買いかぶりだと思うんだけど」

「でも、先生は江南を連れていかない、大学に残れとおっしゃったんでしょう。となると」

篤臣はちょっと悪戯《いたずら》っぽい笑顔で小田を見た。

「江南をガッカリさせないためには、先生に大学に残って頂くしかないですから」

「永福先生……」

「先生は、教授になんかなりたくなかったでしょうし、すごく理不尽な展開だったと思います。でも俺、江南が、これからも先生の下で勉強できる……それが嬉しくてたまんないんです」

「………」

「先生から自由を奪ってしまった責任は、江南に取らせてください」

「責任？」

「あいつのこと、目いっぱい鍛えてやってください。先生くらい凄腕の外科医に育ててやってください。きっとあいつも、それを何より望んでると思います」

「………」

「江南のこと、よろしくお願いします。もしあいつが馬鹿やったら、そのときこそ、俺が責任を取ります。あいつを叱《しか》るのは、俺の仕事ですから。あ、あと大西は、それこそ下僕みたいにこき使ってやってください。俺が許します」

呆気《あっけ》にとられた顔で篤臣をしげしげと見ていた小田は、やがて小さく噴き出した。

「降参だ。まさか、そこまで君たちが見事な連係プレーを見せてくれるとは」

「小田先生……」

「わかったよ。どこまでご期待に沿えるかはわからないが、精いっぱい務めよう。江南先生には、頼りない僕をせいぜいサポートしてもらうことにするよ。……それにしても」

小田は、微笑ましそうな、可笑《おか》しそうな、どうにも妙な目つきで篤臣を見て、クスクスと笑った。

「？　俺、何か変なこと言いましたか？」

なぜ笑われているかわからず、篤臣はムッとする。いやいやと片手を振り、小田はまだ肩を細かく震わせながら言った。

「なんというか……君は本当に、江南先生が言ったとおりの人だね。素晴らしいよ」

「は？」

「ま、末永く江南先生と仲よくやってくれ。僕をフォローしてくれるメンバーには、君もカウントされているからね」

「は……はあ……？」

「じゃ、また」

もの問いたげな篤臣を無視して、小田は後ろ手を振りながら、廊下を歩き去ってしまった。

「な……なんなんだ？」

呆然《ぼうぜん》としていた篤臣は、名前を呼ばれて振り返る。そこには、サマーセーターとチノパンに着替えた江南がいた。

「あ、江南」

「待たせたな」

「うん、いや……」

さすがに、医局の前で「お前、俺のことを小田先生にどう話したんだ」と問い質すわけにはいかない。篤臣は思わず口ごもってしまった。

篤臣の微妙な顔つきを、江南は空腹のせいだと思ったらしい。

「長いこと待たしてしもて、悪かったな。腹減ったやろ。俺も腹ぺこや。行こう」

そう言うなり、エレベーターに向かって歩き出した。

「あ……う、うん」

何か腑《ふ》に落ちないものを感じつつも、確かに今にも腹が鳴りそうな状態だ。

(ま、あとでゆっくり訊くか)

そう思って、篤臣は江南のあとを追った。

「何食おか」

「うーん、何がいいかなあ。やっぱイタメシ?」

「こないだ食うたやないか」

「いいじゃん。俺、石窯で焼いたパリッパリのピザが食いたいんだよ」

「ええな。けど、久々に焼肉もええと思てたんやけどなあ」

「馬鹿、何言ってんだよ。お前、いい服着てるときに、そんなもん食うな! クリーニング代が嵩《かさ》む!」

「へいへい。ほな、イタメシ屋で、がつーんとTボーンステーキでも食うか」

「お前は、肉ばっか食いすぎなんだよ」

エレベーターの扉が開く。二人は賑《にぎ》やかに喋りながら、ケージの中へと消えていった……。


それから数時間後。

篤臣の希望どおり、イタリア料理店で食事を済ませて二人は帰宅した。

ついワインを少々過ごしてしまい、二人とも……特にあまり酒に強くない篤臣は、まだほんのり赤らんだ頰をしていた。

「あー……風呂入りたいけど、まだ無理だな。酒は残ってるし、腹がいっぱいすぎて」

パジャマに着替えもせず、篤臣はベッドに横たわった。几帳面な篤臣にしては、珍しい行動だ。

「ホンマや。……調子に乗って食いすぎた」

そう言って、江南も無造作に靴下だけを脱ぎ捨て、篤臣の傍らにゴロリと寝転ぶ。

「お前があんなでっかいステーキ注文するからだよ。絶対、血がドロドロになったぞ。これからしばらく、野菜中心生活だからな！」

そんな文句を言う篤臣の火照《ほて》った頰に、江南は手を伸ばしてそっと触れた。

「んー……」

熱い頬には、手のひらが冷たく感じられるのだろう。篤臣は気持ちよさそうに、江南の大きな手のひらに頬を擦りつけた。

まるで大きな猫のようだと思いながら、江南は、さて、この満腹状態でロマンチックな展開になっても大丈夫なものだろうか……と考えを巡らせる。

すると、篤臣が急にうつ伏せになり、シーツに両肘をついて言った。

「そうだ！」

「あ？」

「あのな、江南。俺、ずっと訊きたかったことがあるんだけど」

篤臣の言葉に、江南は手枕《てまくら》で応じた。

「なんや？」

「お前、小田先生に飯食いながら俺の話をしたことがあるんだって？」

江南はちょっと考えてから頷く。

「そういうたらあったな。急に、その指輪の片割れを嵌めてるのはどんな奴？　って訊いてきはったんや。それで、ちょっとだけ」

「そのときにさ、お前が俺のこと、『簡潔な言葉で最大限に褒めてた』って。なんて言ったんだ？」

「……ああ！」

また十数秒考えてから、江南は極上の笑顔を見せた。

「そら、お前を褒めるのに使う言葉いうたら、一つしかあれへんやろ」

「だからなんだよ。言えよ。ずっと気になってんだ、俺」

「べつに、今さらわざわざ聞かんでもええやろが」

「よくねえ！　マジで気になって仕方ねえんだって。教えろ！　ほら、とっとと吐け！」

焦《じ》れた篤臣は、江南の胸ぐらを摑んだ。江南は、されるがままに……けれど、片手で篤臣の頭をぐっと引き寄せたと思うと、その耳元で囁いた。

「決まっとるやろ。『世界一の嫁さんです』って言うたんや」

「……てめえ……ッ！　うぷっ」

予想どおり、怒号の形に開かれた篤臣の唇を、江南の弾力のある唇がすっかり塞《ふさ》いでしまう。

「ふっ……ん、んん……っ」

驚いて硬直した舌に、すかさず江南の力強い舌が絡みつく。

果物を貪《むさぼ》るように深く口づけられ、歯の裏の敏感な粘膜を舌先で擦られて、篤臣の手からいつしか力が抜けていく。

「篤臣、篤臣……」

キスの合間に何度も名を呼びながら、江南の大きな手が、篤臣の髪を乱した。江南のたくましい身体が、容赦なくのしかかってくる。

呼吸など無視し、角度を変えて延々とキスを続けられ、篤臣は溺《おぼ》れかけた人のように喘《あえ》いだ。

「ちょ……え、なみっ、待っ……」

「待たれへん」

必死の哀願を一言で却下し、胸元を押し返そうとした篤臣の手をシーツに縫い止めて、江南は篤臣の首筋に歯を立てた。

「つッ……！」

鋭い痛みを感じた次の瞬間、熱い舌がねっとりと同じ場所を舐《な》め上げる。

首から鎖骨に向かって、同じ行為を何度も繰り返され、そのたびに、甘い痛みが篤臣の腰を疼《うず》かせた。

両腕を押さえつけられ、組み伏せられて、身動きがままならない。それが、不思議な興奮を呼び起こした。

「は……なせ、このやろ……っ」

「離したら、ぶん殴らへんか？」

「殴るに決まってんだろ！」

「せやろ？」

獣じみた喉声で笑い、江南はシャツの襟から覗く篤臣の鎖骨に口づけ、強く吸い上げた。薄い皮膚は、たちまち皮内出血の赤い花を咲かせる。

「あっ。は、なせって言ってんのに……！」

篤臣のしなやかな身体が、ピクンと跳ねた。悪態をつくその声も、執拗《しつよう》に繰り返される刺激に上擦ってしまっている。

それでも悔しそうに睨みつけてくる篤臣の目が、江南の雄の嗜虐《しぎゃく》心を激しく煽った。

「なあ、篤臣」

桜色に染まった耳に、江南は掠《かす》れた囁きを吹き込む。

「殴らんて約束したら、離したる」

「く……、おまえ、きたねえ……ぞ……っ、は、あっ」

両手で篤臣の腕を押さえているので、江南はシャツの上から、歯で、そして舌で、篤臣の胸元を嬲《なぶ》る。

布ごしに触れてくる舌の熱さと、濡れたシャツが空気にさらされ、肌に触れたときの冷たさ。そのコントラストが、普段は身体の奥深くに秘められた官能に火を点《つ》ける。

「……あ、マジで……やめ……ろって」

唾液《だえき》に濡れそぼった篤臣の胸の頂は、悪戯な舌に攻め続けられ、いつしか硬くしこっていた。濡れた白いシャツから、カフェオレ色の頂が透けて見える。思いがけずエロティックな光景に、江南は喉を鳴らした。

チノパンの太腿で股間《こかん》を押し上げるように刺激され、篤臣はついに白旗を揚げた。

「も……なぐらない……からっ」

だから、ちゃんと触れ……と聞こえないほど小さな声で訴える。

次の瞬間、それまですさまじい力で押さえつけられていた篤臣の両腕は、呆気なく解放された。あっという間にシャツが剝《は》ぎ取られ、素肌が露《あら》わになる。

ボタンが飛ぶ音がしたが、それを咎《とが》める間もなく、ジーンズが下着ごと引きずり下ろされた。

江南も手早く服を脱ぎ捨て、二人は素肌で抱き合った。互いにアルコールと興奮のせいで、いつもより身体が熱い。

「えなみ……」

無意識だろうが、ほんの少し舌っ足らずに自分の名を呼ぶ唇を舐め、齧《かじ》り、吸い上げながら、江南は両手で篤臣の身体をくまなく愛撫《あいぶ》した。

「……っ……、ふぁ、あ……」

お互い忙しくて、肌を重ねるのは久しぶりだった。そのせいか、あるいは酔いのせいか、篤臣はいつもより素直に声を上げる。

「あっ！」

江南の少しかさついた手で優しく握り込まれた篤臣の茎は、数回扱《しご》かれただけで、ぬるついた蜜《みつ》をこぼした。

「酒飲んだお前は、でっかい猫みたいやな」

滑りのよくなったそれを少しきつめに擦り上げてやりながら、江南はわざと敏感な耳に息を吹き込む。

くすぐったそうに首を竦め、篤臣は潤んだ目で江南を見上げた。

「猫って……なんだよっ、あ、あっ……」

緩急をつけた江南の手の動きに同調するように、篤臣のスレンダーな腰が柳のように揺れる。

「ぐにゃぐにゃしとって……いつもより素直で、可愛いんや」

「可愛い、とかって……言う、なっ！」

「ホンマに可愛いんやから、しゃーない。……な？」

せやから、こんなことになるんもしゃーないんやで、と笑い交じりの囁きとともに、江南の欲望が篤臣の腿に押しつけられる。

その硬さと熱さに、江南がすでに彼言うところの「どないもならん」状態になっていることを、篤臣は思い知らされる。

それと同時に、ローションを絡めた指が、後ろに差し入れられる。反射的に逃げようと浮いた背中は、江南の硬い腹に阻まれ、再びシーツに沈んだ。

「うっ……あ、はっ……」

指が、二本、三本……と性急に増やされる。節くれ立った長い指に敏感な内腔《ないこう》を擦られると、否応《いやおう》なく、これから迎え入れるものの形や熱を思い出してしまう。

期待しているわけではない、と思っているのに、心より正直なそこは、江南の指をギュッと締めつけた。

「……催促か？　嬉しいことしてくれるやないか」

珍しく素直な媚態《びたい》に、江南は欲望にけぶった目を細めた。篤臣は、羞恥《しゅうち》に耐えかねて横を向き、ギュッと目をつぶってしまう。

「し……知るかッ。とっとと抜けよっ」

だが、言葉とは裏腹に、篤臣の両膝は江南の腰を挟んで離さない。

「可愛い……ホンマに今日のお前は可愛いで、篤臣」

喜びに満ちた声でそんなことを言われ、篤臣の頰は今や燃えるように赤い。

「…………！」

ピリッという小さな音で、目を閉じていても、江南が準備をしていることがわかる。

やがて、優しく、しかし容赦なく、篤臣のすらりとした両足が開かれた。

「いくで」

そう囁かれて、篤臣はゆっくりと瞼を開けた。

真上にある江南の顔は、ひどく切なげだ。

挿入する寸前の江南のこの表情が、篤臣はとても好きだと思う。見るたびに、自分の胸もキュッとなる。

それが、篤臣を気持ちよくさせるために、江南が自分の欲望を抑えてきた証《あかし》だからだ。

「……来いよ」

愛《いと》おしさがこみ上げて、篤臣は自分から軽く腰を浮かせた。来るべき衝撃を分かち合うように、江南の首を強く抱く。

「…………ッ」

江南が息を詰めたと思うと、灼熱《しゃくねつ》の楔《くさび》が穿《うが》たれる。

「く……う、ん、んんっ……！」

もう数えきれないくらい受け入れてきたといっても、やはり挿入の瞬間だけは、苦痛から逃れられない。

苦悶《くもん》の声を噛み殺し、身体を硬直させる篤臣を宥《なだ》めるように、江南の手が篤臣の背中を撫《な》で、汗ばんだ額や頬には、雨のようにキスが落とされる。

やがて、熱い内腔がねっとりと優しく江南を包み込み、噛みしめていた篤臣の唇が、甘い溜め息をつく。

それを合図に、江南はゆっくりと腰を動かし始めた。

「う……あ、はっ、あ、あっ……」

次第に早く、強くなっていく抽挿《ちゅうそう》に合わせて、艶《なま》めかしく開いた篤臣の唇からは、喘ぎ交じりの息が漏れる。

二人の腹のあいだで擦られる篤臣自身は硬く反り返り、両手は江南の広い背中をかき抱いた。

「んっ……え、なみっ、今日……なんか、ヤバ……っ」

切れ切れに訴える篤臣の身体を激しく揺さぶりながら、江南は掠れた声で言った。

「俺もや。……お互い……飲みすぎたか……?」

「わ、かんな……っ……あ、ああっ」

両足を肩に担ぎ上げられ、結合を限界まで深くされて、篤臣は悲鳴に似た声を上げる。

「ッ……ッ」

お返しとばかりに背中に爪《つめ》を立てられて、江南も顔を歪めた。食い込む爪は、痛みというより、甘い痺《しび》れを江南にもたらす。

「もう……いってええか……?」

切羽詰まった声で囁かれ、篤臣はこくこくと頷いた。

「俺、も、もう……」

「……よっしゃ」

互いの限界を確かめ、江南は篤臣の張りつめた芯に指を絡めた。

熱塊の突き上げに合わせて、きつく擦ってやる。

「あ、ああ、あっ……くぅ……んッ!」

前と後ろを激しく嬲られて、篤臣はなすすべもなく絶頂を迎えた。

「くそ……ッ」

悔しげな呻きが聞こえると同時に、篤臣は、身体の奥底で江南の熱が力強く脈打つのを感じていた……。


「……なあ……」

汗が引き、冷えた身体には、互いの温もりが心地よい。江南の腕枕に頭を預け、篤臣は眠そうな声で呼びかけた。

同じく、半分眠りに引き込まれながら、江南が答える。

「なんや?」

「大丈夫だな、俺たち」

「……あ?」

江南は、自分の肩に頰を押しつけている篤臣の顔を見た。篤臣は、恥ずかしそうに笑って言った。

「帰国前は大丈夫だって言ったけどさ。でもやっぱ、不安だった。また一緒にいられる時間が減って、心も離れていったらどうしようって、頭のどっかで思ってた」

「篤臣……」

「でも、今度のことでわかった。やっぱ、いつだってお前がここにいる」

篤臣は、自分の胸に左手を置き、薬指のリングを見つめた。

「迷ったとき、指輪を見たら、お前ならどうするかわかる気がする。ここでいつもお前が見てると思ったら、みっともないことはできねえ。……いつだって、マジでひとりじゃないって気がするんだ、俺」

「……俺もや」

篤臣を抱く腕を折り曲げ、江南は篤臣の左手に、自分の左手を重ねた。二つのリングが触れ合う。

「ホンマは、お前をちっちゃくして持ち歩きたいくらいやけど、さすがにそれはバイオの力でも無理やからな。その代わりが、この指輪や」

「江南……」

「どんなときも、お前が恥ずかしくない俺でおろう、お前が誇らしく思える俺でおろう、そう思うんや」

一回り大きな江南の手が、篤臣の手を優しく握る。

二人の間に、柔らかな沈黙が落ちた。

「……そろそろ寝るか？」

篤臣がトロンとした目をしているのを見て、江南はそう言った。

「……ん……」

今日は、バスを使わずに寝てしまう気らしい。ボタンの飛んだシャツと下着だけ身につけた篤臣は、江南の裸の胸に寄り添って目を閉じる。

「っちゅうか、もう寝かけとるやないか」

江南は苦笑いで手を伸ばし、枕元のスタンドを消そうとする。

そんな江南の耳に、小さな呟きが聞こえた。

「すげえ恥ずかしいけど……お前が言葉にされたら嬉しいって言ってたからさ。言っとく」

「……ふん？」

篤臣は目をつぶったまま、小さな声で言った。

「俺、すごく幸せだから」

もう酒は抜けているはずなのに、篤臣の頬は子供のように上気している。

「……俺もや」

江南は万感の思いをこめてそう囁き、強情に眠ったふりの篤臣の唇に、触れるだけのキスをした……。

夏祭り

風呂《ふろ》から上がり、バスタオルで頭を拭《ふ》きながらリビングに来ると、ローテーブルに置いた小さな電波時計がピッと鳴った。

「もう九時か……」

永福篤臣《えいふくあつおみ》は、ふうっと溜《た》め息をつき、間続きのダイニングを見やった。

テーブルの上には、二人分の食器がセッティングされている。

しかし、マンションの部屋には、篤臣以外の人間の気配はなかった。

「どうすっかな……」

そんな篤臣の呟《つぶや》きに呼応するように、寝室で携帯電話の着信音が鳴った。篤臣は慌てて寝室に向かい、サイドテーブルの上にあった携帯電話を取り上げた。

「もしもし？」

声をかけると、耳元で、期待どおりの低い声が聞こえる。

『おう、俺や』

それは、篤臣のパートナーである江南耕介《えなみこうすけ》からの電話だった。

消化器外科の医師である江南は、手術や外来診察で、忙しい日々を送っている。法医学教室勤務で、解剖が長引かない限り比較的早く帰宅できる篤臣とは、すれ違いの日々が続いていた。

「お疲れ。まだ病院か？」

篤臣はベッドに腰掛け、そう訊《たず》ねてみた。

『おう。今、オペ上がったとこや。ちょー、術中にどーんと血圧落ちてしもてな。けっこう大変やったんや』

「大丈夫か？　持ち直した？」

『ああ、執刀が小田《おだ》先生やったから、どうにかこうにか。せやなかったら、アウトやったかもしれへん』

篤臣は注意深く、受話器の向こうの江南の声に耳を傾けた。

低くて少し掠《かす》れた江南の声には、隠しきれない疲労と、それをカバーしてあまりある高揚感があった。

尊敬する上司であり、名医である小田教授の鮮やかな手技を目の前にして、江南は興奮しているのだろう。

「そうか。そりゃよかったな」

『おう。ま、主治医は俺やないし、もうちょっと様子見て、落ち着きそうやったら帰れるん違うかな。お前はもう家やろ？』

「うん。風呂上がったとこ」

『さよか。頭、ちゃんと乾かせや。風邪《かぜ》引くで』

「わかってるっての。お前じゃあるまいし」

『ははは。晩飯食うたか？』

「ん……まあ、そろそろ食おうかと思ってたとこ」

『お前、また待っとったんか。お前まで、冷えた飯食うことあれへん。俺が遅なったら先に食えて、いつも言うてるやろ。……って、その、怒っとるんと違うぞ。せやけど、こっちも気になるやろが。お前がハラへりで待っとると思うと』

電話の向こうの声は、咎《とが》めるような調子で……しかしどこか申し訳なさそうな響きを帯びてもいた。篤臣は、素直に謝る。

「ゴメン。でもさ、一緒に食べられたら、そのほうがいいに決まってるから、つい。でも、限界越えて待つようなことはしないって。そんなに心配すんなよ」

『せやったらええけど。遅うはなるけど必ず帰るから、俺の飯、置いといてくれや』

「わかってる。ちゃんと、レンジで温めたらいいだけにしとくよ。……言うだけ無駄だとは思うけど、無理すんなよな」

そんな心のこもった篤臣の声に、受話器の向こうで江南が吐息に笑みを溶かしたのがわかった。

『心配せんでも、死ぬほどの無茶はせん。もうええ年やからな』

「そうしろ。あんまり疲れすぎたら、無理に帰ってこずに医局に泊まれよ？　運転危ないからな」

『わかった。まあ、お前はさっさと飯食うて、先に寝とれ。……おやすみ』

「うん。おやすみ」

通話を切って、篤臣はホッと息を吐いた。

アメリカから帰国してからというもの、お互い数日おきにしか会えず、まる一日一緒にいられる日など、これまで片手の指で数えられるほどしかなかった。

もちろん寂しさはあるが、それでも以前のような焦燥感《しょうそうかん》や不安感に苛《さいな》まれずに済むのは、こうして毎晩、江南が電話をかけてきてくれるからだ。

ときには、仕事の合間に無理やり時間を作った江南が、篤臣の職場である法医学教室を訪ねてくることさえある。江南にとっても、法医学教室は短期間とはいえ実験手技の指導を受けた馴染《なじ》み深い場所なので、顔を出しやすいらしい。

（それにしても、まめになったよな、あいつも）

以前は、「顔を見るだけ、声を聞くだけで安心する」などという感情を決して理解しなかった江南だが、今は違う。一緒に暮らすようになって、江南は随分《ずいぶん》人の心の機微がわかるようになった……と篤臣は、ちょっと自分を褒めてやりたい気分で、携帯電話を持ったまま台所へ向かった。

作っておいた味噌汁《みそしる》を温めながら、メインの野菜炒《いた》めの材料を、切った端からフライパンに放り込む。どうしても病院で出前ばかり食べていると肉と揚げ物が多くなるので、篤臣は、できるだけたくさんの野菜を江南に食べさせるようにしているのだ。

（ホント……色々変わったよな。アメリカへ行く前は、俺が寂しがるばっかだったけど、今は……）

今となっては、江南のほうが、篤臣の声を毎日聞かないと落ち着かないらしかった。以前、折悪《おりあ》しく篤臣が風呂に入っているときに電話してきた江南が、篤臣に何かあったのではないかと心配して、様子を見に帰ってきたことがあったほどだ。

（あんときは可笑《おか》しかったな。俺が風呂上がりに気持ちよく頭乾かしてたら、血相変えた江南が家に飛び込んできて……）

『な、なんやお前……風呂入っとったんかい。何度ケータイ鳴らしても出よらんし、倒れてるん違うかと思たやないか……』

情けない声でそう言って、洗面所の入り口でへたり込んだ江南の姿を思い出し、篤臣の顔は自然とほころぶ。

こんなふうに、二人一緒にいないときでも、胸の中には心を温めてくれる思い出がたくさんある。互いが互いを思っていることを、なんの無理もなく信じていられる。

それが、二人で誠実に日々を積み重ねてきた結果と呼べるものなのだろうと、しみじみ思う篤臣だった。

「よっし、旨《うま》そうにできたじゃねえか」

手早く作った野菜炒めを二枚の皿に盛り分け、江南の皿にはポリラップをかけておく。ご飯と味噌汁をよそい、さて夕飯にしようかと椅子《いす》にかけたところで、また篤臣の携帯電話が鳴った。

『もしもし、篤臣？』

相手は、永福世津子《せつこ》……篤臣の母親だった。篤臣は、野菜炒めを控えめに頰張《ほお》ったまま、母親に挨拶《あいさつ》をした。

「ああ、お母さん。久しぶり。毎日暑いな。元気？」

『私は元気よ。そっちこそどうなの？　江南君は？』

「江南も俺も元気。江南はまだ仕事」

『あらま、大変ねえ。やっぱり臨床医の先生は、そうなっちゃうわよね。……ちゃんと労《いたわ》ってあげてる？　つまんないケンカなんかしてないでしょうね？　彼はあんな性格だから、あんたが折れてあげなきゃ駄目なのよ？』

「お母さんに言われなくたって、ちゃんとやってるっての。それよか、なんだよ」

モグモグと食事を頰張りながら、やや不明瞭《ふめいりょう》な口調で篤臣は問いかけた。どうしても母親相手だと、どこか気恥ずかしくてぶっきらぼうになってしまう。

そんな息子の心理がよくよくわかっている世津子は、篤臣の無愛想など気にも留めず、軽い調子で言い返してきた。

『母親なんだから、用事がなくっても電話するわよ。……っていうか、ちょっと不義理のしすぎなんじゃないの？　帰国していっぺん挨拶に来ただけで、それっきり電話一本よこさないなんて。メール送っても、返事はいつも素っ気ないし』

「う……ご、ごめん」

『もしかして、江南君のお家にも同じようにご無沙汰《ぶさた》なの？』

「う……うん。思いっきり。……江南んちのご両親は、メールとかしそうじゃないもんなあ。江南の奴も、照れ屋だから親に電話なんてしないだろうし」

『呆《あき》れた子たち！　あちらのご両親も、きっと寂しがってらっしゃるわよ』

「うう……面目ない」

それは「ごもっとも」というしかない事実で、篤臣は思わず項垂《うなだ》れてしまう。日々の忙しさにかまけて、親に電話などという気合いのいることは後回しにしているうちに、さくさくと梅雨《つゆ》が明け、夏になってしまった。

『……まあ、忙しいのもわかるけど。それにしたって、もうすぐお盆じゃない。夏休みはとれるんでしょう？』

「ああ、うん」

篤臣は、電話の横に吊《つる》したカレンダーを眺めながら頷《うなず》いた。

「うちの職場は、みんなで譲り合って全部で一週間休みが取れるし、江南んとこも、今年教授が代わって、休みがきちんともらえるようになるらしいんだ。だから、たぶん両方の実家に挨拶に行けると思うよ」

『本当？　嬉《うれ》しいわ』

電話の向こうの世津子の声が、まるで少女のように弾んでいる。

「お母さん……」

やはり、いつも元気な世津子とはいえ、夫を亡くしてひとりぐらしは寂しいのだろう。悪いことをした……と篤臣が深く反省していると、世津子は不意にこう言った。

『じゃあ、来週の金曜日、帰ってきて！　二人で！』

「はあ!?」

いきなりの要求に、篤臣は椅子に座ったままのけ反る。

『来週の金曜日。ううん、木曜の夜に来てちょうだい。うちに泊まっていってほしいの』

「なんで？　その日限定かよ？」

『限定よ。絶対その日。必ず二人で帰ってきて。それでもって金曜日は、まる一日空けておいてよね』

「ち、ちょっと待ってくれよ。急にそんなこと言われたって……。俺はまあどうにでもなるだろうけど、江南のほうは」

『どうにかしてもらってよ。お義母《かあ》さんの、たってのお願いだって伝えて。助けると思って、二人揃《そろ》って帰ってきて』

「いったいなんだってんだよ。なんかあんのか、来週の金曜日って」

『とっても楽しいことがあるの。ね、お願いよ。木曜の夜、ゴージャスな夕飯用意して待ってるから！』

「あ、ちょっと待てよ、お母さん。マジで江南の都合が……」

ガチャン！

篤臣の抗議を最後まで聞かず、世津子は電話を切ってしまう。

沈黙した携帯電話を手に、篤臣は呆然《ぼうぜん》としてしまった。

「な……なんだ？　ったく、そんな勝手なこと言われたって……。待てよ。来週の金曜日って、八月五日？　何かあったっけ……。お父さんの法事？　いや、日程的にそれはないよな。ええと……」

世津子は、滅多に理不尽な無茶を言わない。ああまで強く日時を指定するからには、自分たちが何か大切な行事を忘れているのかもしれないと、篤臣の胸には、さっきまでの驚きと軽い憤りに加え、不安がこみ上げてきた。

「うーん……？」

首を捻《ひね》りながら、篤臣は携帯電話をテーブルに置き、少し冷めてしまった夕飯をかき込み始めたのだった……。

暗闇《くらやみ》の中で、ギシッとベッドが軋《きし》む。

その微《かす》かな物音で、篤臣は目を覚ました。

「ん……えなみ……?」

半分寝ぼけているせいで、幾分舌っ足らずになった呼びかけに、小さく笑ってベッドに潜り込んできたのは、篤臣の相棒、江南だった。

「おう、俺や。すまん、起こしてしもたな」

「眠りが浅かっただけだよ。お帰り。今、何時?」

「一時半」

「意外に早かったんだな」

「小田先生が、はよ帰って休め、て言うてくれてな。……ただいま」

江南は上半身を屈《かが》め、篤臣の薄く開いた唇に、ただいまのキスをした。風呂上がりなのだろう。江南の体からは、ボディソープが仄《ほの》かに香っている。

「そっか……。飯、ちゃんと食ったか?」

大欠伸《あくび》しながら、篤臣は眠そうな声で訊ねる。両手でゴシゴシと目を擦《こす》る姿が子供のようで、江南は屈託のない笑顔で頷き、篤臣の傍らに横たわった。

「食った。大量の、ニンジンとタマネギとキャベツとモヤシ」

「シメジとベーコンも入ってたろ。お前がうるさいから、ちゃんと肉っけのものも入れたんだぜ」

「旨かった。せやけどアレやな。食うて風呂入ってすぐ寝たら、豚になるかもしれへんな」

「それ言うなら、牛だろ。……なあ、江南。お前、もう死ぬほど眠いか？」

躊躇《ためら》いがちに問う篤臣の柔らかな髪を指で梳《す》きながら、江南は答えた。

「疲れてはおるねんけどな。ずっと気ぃ張っとったから、まだ眠気がけえへん。……お前は寝とるとこ俺に起こされて眠いやろ。気にせんと、寝てええで」

「ううん、違うんだ。お前に話したいことがあって、ホントは起きて待ってようと思ってた。うっかり寝ちまってたけど」

「俺に話したいこと？　なんや」

訊ねながら、江南は器用に片腕を伸ばし、手探りでベッドサイドの小さな灯《あか》りを点《つ》けた。

オレンジ色のボンヤリした光ではあるが、互いの顔がハッキリ見えるようになる。

篤臣が別段深刻な表情をしていないことにひとまずは安堵《あんど》して、江南は再度同じ問いを口にした。

「なんや。何かあったんか？」

「うーん。さっきのお前からの電話のあとに、実は、お母さんからも電話がかかってきてさ」

「お義母さんから？　どないした。具合でも悪いんか？」

「いや、滅茶苦茶《めちゃくちゃ》元気そうだった。なんかよくわかんないんだけど、来週の木曜の夜から金曜まる一日、二人で帰ってきてくれって」

「あ？　来週の木・金？」

「うん。その日限定なんだってさ。何があるかは言ってくれなかったんだけど、どうしても帰ってきてほしい感じだった」

「ふうん。……何かあるんかな」

篤臣は、半ば江南に乗り上げた状態のままで首を傾《かし》げる。

「どうなんだろ。そんな無茶、普段は言わない人なんだけどな」

「まあ、随分ご無沙汰やし、お義母さんとこにも顔出さんとなあ。……うーん」

江南は鋭角的な顎《あご》を撫《な》でながら唸《うな》る。篤臣は、困り顔で言った。

「あのさ、無理だったらいいんだぜ。俺だけでも、まあ半分は役に立つだろうし」

「ああ、いや。どないかなるやろ。ちょうど盆に向けて、入院患者減らしよるところやからな。かえって今のほうが、休みやすいかもしれん。小田先生に頼んでみるわ」

江南の上司であり、消化器外科の教授である小田は、江南と篤臣の間柄を知っている。

「嫁の実家」に帰りたいと江南が超ストレートに事情を話しても、きっと飄々《ひょうひょう》としたいつもの顔で、「そりゃ大変だねえ」と笑い飛ばしてくれることだろう。

「ごめんな、無理言って」

申し訳なさそうに言う篤臣に、江南は笑って言った。

「アホ、他《ほか》ならぬお義母さんの頼みやないか。事情はわからんけど、たまには二人揃って親孝行せんとやろ」

それでも、篤臣はすまなそうに、優しい眉《まゆ》を曇らせる。

「けどさ。お前の実家にだって、全然行けてないのに」

「うちの実家は、お前んちと違って、ちーとばかし遠いからな。それに、店やっとるときに行っても、邪魔っけにされるか、アホみたいに働かされるかどっちかやろが」

「そりゃ……そうだけど」

「そっちは、店が休むときに合わせて帰ったらええ。まずは、お義母さんのほうや。……そない心配そうな顔すんな。お前のためやない、俺がそうしたいんやで?」

互いの額をこつんと合わせて、小さな子に言い聞かせるように江南は言った。篤臣は、恥ずかしそうにこっくり頷く。

「……サンキュ」

「礼には及ばん。……けど、礼を言うてくれるんやったら、行動で……な?」

そう言った端から、江南の器用な手は、篤臣のパジャマの上着の裾《すそ》から忍び込んでくる。

「な……に、やってんだよっ。お前、疲れてんだろが、あっ」

かさついた手のひらに削《そ》げた腹を撫で上げられ、篤臣は息を乱し、寝返りを打って逃げようとした。それを力強い腕でがっしりつかまえ、背中から強く抱きしめて、江南は篤臣の髪に鼻先を埋《うず》めた。

「気ぃ立ってしもて、このままやったら朝まで寝つかれそうにあれへんのや。……お前が寝かしつけてくれ」

掠れ気味な声と、耳たぶを挟み込む弾力のある唇。その唇が冷たく感じられることで、篤臣は、自分の体がすっかり熱を帯びてしまっていることを知る。

寄り添って眠るのはいつものことだが、こんなふうに直接肌に触れられるのは、おそらく十日ぶりくらいだ。自分を求める熱にどうしようもなく安堵しているのが悔しくて、篤臣は江南の腕の中で声を荒らげた。

「ったく……！　しょうがねえな。だったら、ぱっぱーっとやって、ちゃっちゃと寝るぞ！」

「……あんなあ。ぱっぱー、とかちゃっちゃとか、あんましセックスに使う言葉やあれへんやろ。もう少しデリカシーっちゅうもんを……」

「お前にだけは、んなこと言われたかねえ！」

「……へいへい。ほな、お言葉に甘えて」

呆れ口調とはうらはらの嬉しそうな顔で、江南は篤臣のパジャマのボタンを外し始める。篤臣も、照れくさそうな顰《しか》めっ面で江南のTシャツを脱がした。

クーラーの効いた部屋の中では、抱き合った互いの体温が心地《ここち》よい。

「篤臣……篤臣」

疲れているくせに、まるで肉食獣の獰猛《どうもう》さと貪欲《どんよく》さで、江南は篤臣を貪《むさぼ》る。

「あ……っ、ちょ、んな急にっ」

パジャマのズボンと下着を一気に剝《は》ぎ取られ、力強い腕に組み敷かれて、篤臣は戸惑《とまど》いの声を上げた。その唇に音を立てて口づけ、江南は篤臣のスリムな体を両手で探りながら、低く囁《ささや》いた。

「せやかて、ぱっぱーとやってまわなアカンのやろ?」

「くそ、人の言葉を逆手に取り上がって……あっ、あ……待っ」

性急に下半身を探り、まだ柔らかいそれをかき立てる荒れた手に、篤臣の文句は途中で途切れる。

「焦《じ》らさんといてくれ。お前だけなんや。俺のキリキリ巻きの神経を気持ちよう緩めてくれるんは、お前の……この温《ぬく》い体だけや」

思いのすべてを絞り出すような熱い声と、自分がそこにいることを確かめるように、くまなく触れてくる骨張った手。そのすべてが、篤臣の心を温め、煽《あお》り、グズグズと溶かしていく。

「ば……かやろ……！」

強引な自称旦那《だんな》を罵《ののし》りつつも、篤臣の両腕は、しっかりと江南の広い背中を抱きしめていた……。

＊　＊

そんなわけで、翌週木曜日の夜、江南と篤臣は揃って篤臣の実家を訪れていた。

「ごめんなさいね、我《わ》が儘《まま》言って。でも、帰ってきてくれて、ホントに助かったわ。……お休み、無理して取ったんじゃない、江南君？」

二人を出迎えた篤臣の母・世津子は、満面の笑顔《えがお》で……しかし心配そうに、江南に訊ねた。江南は、少しだけよそ行きの笑顔でかぶりを振る。

「いえ、夏休みの半分を早めにもろただけですから。気にせんといてください。それよりお義母さん、いったい……」

居間に通された江南と篤臣は、篤臣の亡き父親の仏壇に手を合わせると、すぐに明日何があるのか、世津子に訊ねようとした。

だが、くんくんと鼻をうごめかせた世津子は、腰に手を当ててきっぱりと言った。

「あら、江南君ったら消毒薬臭いわ。仕事帰りなんでしょ」

「あ、は、はあ。すんません」

「先にお風呂に入ってらっしゃい。そのほうが、リラックスしてご飯を食べられるでしょうし。篤臣、そのあいだに晩ご飯の支度、手伝って」

「え？　あ、うん」

どうやら世津子は、瀬戸際まで企《たくら》みを明かさないつもりらしい。そう言うなり、キッチンのほうへさっさと行ってしまった。

「…………」

江南と篤臣は顔を見合わせたが、母親という生き物に逆らってもろくなことがないのは、これまでの人生で学習済みである。

「……ほな、しっかり手伝いせえよ」

「お前こそ、風呂で寝こけて沈むなよな」

江南は風呂場へ、篤臣は世津子について台所へ……と、二人は仕方なく、それぞれの場所へと向かった。

そして、世津子心づくしのすき焼きの夕食のあと、デザートのスイカの種をフォークで丹念に取り除きながら、篤臣は口を開いた。

「で？　そろそろ白状しろよ、お母さん。俺たちを呼びつけて、明日、いったい何をさせるつもりなんだ？」

こちらは豪快に直接スイカを持って齧《かじ》りながら、江南も物問いたげに世津子を見る。

「ああ、そうそう。実はねえ」

世津子は席を立つと、冷蔵庫にマグネットで留めてあったチラシを手に戻ってきた。

「これなのよ」

「あ？」

差し出されたチラシを、江南と篤臣は顔を寄せ合い、仲良く覗《のぞ》き込んだ。

そして……。

「うわ！」

「な……なんじゃこりゃ」

同時に奇声を上げる。

そのチラシには、でかでかとこう書かれていたのである。

『今年もやります、自治会主催の夏祭り！』

しかも、そこに書かれた祭りの日は、まさに明日である。

「な、夏祭り……って、もしかしてお母さんっ」

「俺らを呼びつけはったんは、まさか……」

啞然《あぜん》とする二人に、世津子は楽しそうな様子で言った。

「そうなのよ。篤臣は知ってるでしょうけど、このマンションの自治会主催の夏祭りが、毎年あるの。で、今年はうちにもお当番が回ってきちゃって。明日が当日だから、今夜のうちに二人に里帰りをお願いしたってわけ」

「うああ……。すっかり忘れてたよ。そういや小さい頃は、このお祭りが楽しみで何日も前からワクワクしてたっけ」

篤臣は、げんなりして片手で頰杖をついた。江南は、チラシと篤臣の顔を見比べる。

「そういうたら、ここはけっこう規模のでっかいマンションやもんな。子供もようけおるやろなあ」

「そうなんだよ。それに、近所もマンションだらけだろ。あちこちから子供が集まってきて、なかなかに盛大な祭りなんだ、これが。このあたりの名物行事って言ってもいいんじゃないかな」

「へえ……。ほんで、もしかして、俺らは明日……」

ここぞとばかりに、世津子は満面の笑みを浮かべる。

「そう。二人に、夏祭りのお手伝いをお願いしたいの。ほら、事前の手配や調理は女の人でもできるけど、やっぱり当日は、力仕事のできる男の人のほうが何かとお役立ちでしょっ。

特に若い子が」

篤臣は、イライラとテーブルを指先で叩《たた》きながら、母親を軽く睨《にら》んだ。

「それって、俺たちに夏祭り会場の設営にあたれってことかよ」

「あら、設営だけじゃないわよ。露店の店番もやってもらわなきゃ。篤臣、あんた昔から、男の子のくせにおままごとが大好きだったでしょ。お店屋さんごっこもよくやってたじゃない」

「そ、そ、それとこれとは……」

「同じ同じ」

「全然同じじゃねえよ。ったく……。まあ、百歩譲って俺は元ここの住人だし、子供の頃、夏祭りで楽しい思いをしたからな。手伝うのは全然かまわないけど」

篤臣はそこで言葉を切り、躊躇いがちな視線を江南に向けた。江南も、微妙な困惑顔で世津子を見る。

コワモテな上に人見知りも手伝って、江南はお世辞にも愛想がいいとはいえない質《たち》だ。本当は人一倍優しい心を持っているくせに、気持ちを言葉に出したり、あまり親しくない相手に自分から笑いかけたりという行為がどうにも苦手であるらしい。

実家のちゃんこ屋で、大人相手の応対でさえまともにできず、父親の耕造《こうぞう》に特大の雷を落とされた江南である。子供相手では、どうなってしまうことやら……。

そんな篤臣の不安をよそに、世津子はキッパリと宣言した。

「夫婦は一蓮托生《いちれんたくしょう》でしょ。それに、私の息子になったからには、江南君にも、たまには『実家』の役に立ってもらわなきゃね」

「う……それは、もう、はい」

そう言われてしまうと、江南にも篤臣にも、それ以上抵抗の言葉はない。だいいち、世津子の家に来て、すき焼きまでご馳走《ちそう》になってしまったあとでは、もはや何もせずに帰ることなどできはしなかった。

「わかりました。お義母さんの顔に泥塗らんよう、頑張らしてもらいます」

江南は覚悟を決め、世津子に軽く頭を下げてそう言った。やむなく、篤臣もいかにも不承不承に頷いた。

「仕方ねえなあ。お母さんも、当然手伝いに出るんだろ?」

「もちろんよ。篤臣が小さかった頃にお世話になったお祭りですもの。私も頑張って、恩返しをしなくちゃね。……もう、二人してそんな顰めっ面しないで。きっと楽しい一日になるわよ」

「だといいけどな」

「大丈夫だってば。じゃ、明日は朝八時にマンションの広場に集合だから、遅くとも七時起きよ。今日はせいぜい早くおやすみなさいね」

鼻歌でも歌い出しそうに上機嫌な世津子とは対照的に、篤臣は深い溜め息をつき、江南は居心地悪そうにポリポリと頬を掻《か》いた……。

「それにしても、参ったよな。強引に呼びつけてどんな大事な用事かと思ったら、夏祭りの手伝いなんてさ。俺、想像もしなかったよ」

自室のベッドの脇《わき》に江南のための布団を敷きながら、篤臣は力なくぼやいた。窓を細く開けて煙草《たばこ》を吸っていた江南は、灰皿に吸い殻をすりつけて火を消しながら、苦笑いで頷いた。

「ホンマやな。せやけどよかったやないか」

「何が!」

「いや、俺らがもしかしたら、ものごっつい大切な家の行事を忘れてるん違うか……て、お前ずっと心配しとったやろ。ある意味、忘れとってもノープロブレムな用事で安心したやろが」

「……ああ、まあ、それはな」

ポンポンと枕《まくら》を叩いて形を整え、布団の上に置いた篤臣は、立ち上がって満足げに布団を見下ろした。

「よしっ、完璧《かんぺき》な布団メイクだ。日付が変わる前に寝るなんて久しぶりだけど、明日は朝早いもんな。もう寝ちまおうぜ」

Tシャツにジャージというつもの就寝スタイルの江南が布団をめくり上げたので、篤臣は明かりを消し、自分もベッドに入ろうとした。

だが、江南は暗がりの中で、そんな篤臣の手首を摑《つか》み、ぐっと引いた。

「わッ！　あ、あ、わあああっ」

不意をつかれてバランスを崩した篤臣は、江南に引かれるまま、布団の上に倒れ込む。長身ではあるがほっそりした篤臣の体を、布団の上に胡座《あぐら》をかいた江南は見事に受け止め、横抱きにした。

「ばっか野郎！　何しやが……」

「あんまし大声出すな。お義母さんが来てまうぞ」

「ぐっ……」

江南を罵倒《ばとう》しようとした篤臣は、江南の言葉にギョッとして口を噤《つぐ》む。無言のまま江南の腕から逃れようとする篤臣を力任せに抱き止め、江南は抑えた声で言った。

「どこ行く気やねん」

「どこって……自分のベッドに決まってんだろッ」

ヒソヒソ声で篤臣は言い返し、ずり落ちかけたパジャマのズボンを引き上げる。だが江南は、篤臣を抱えたまま、布団にゴロンと横になった。

「寂しいこと言うなや。一緒におんのに、俺に独り寝しろっちゅうんか」

「当たり前だろが。なんだって、こんな狭い布団で暑苦しくひっついて寝なきゃいけねえんだよ」

「クーラーが効いとるから、暑苦しゅうはないやろが。……俺は、お前の頭の下に腕を敷いとらんと、うまいこと眠られへんのや」

「そんな、つまんねえ条件反射を身につけるな、馬鹿！　いいか、明日は朝から大変なんだから、んなことしてる場合じゃっ……」

「心配せんでも、お前の実家でこれ以上のことができるかい。抱いて寝るだけや。それやったらええやろ？　ん？」

問いかけは形だけのもので、江南の強い腕は、決して放すまいと篤臣をギュッと抱きしめたままだ。篤臣は諦《あきら》めて、体の力を抜いた。両手を軽く挙げて、降参のポーズをとる。

「わかった。わかったから、せめてちゃんと布団に入らせろ。このままじゃ、腹が冷えて風邪引くだろ」

ようやく江南の腕から抜け出し、篤臣はもぞもぞと布団に入る。自分も布団に潜り込んできた江南は、いつも自宅でそうしているように、篤臣の頭の下に左腕を敷いた。

そんなことをして、大事な外科医の腕が痺《しび》れてしまわないだろうかと篤臣はいつも心配するのだが、江南はそんなことにならないよう、日頃から上腕二頭筋を鍛えているらしい。

「クーラー、点けっぱなしでええんか？」

問われて、篤臣は笑って頷いた。

「ホントはタイマーにしようかと思ってたけど、今日、暑いからな。緩めにかけとく。だいたい、こんなふうにくっついて寝るんなら、消すに消せないじゃねえかよ」

「それもそうやな。……なあ、篤臣」

「うん？」

江南は、天井を見上げて穏やかな声で言った。

「俺の実家に泊まったとき、お前言うとったな。俺の部屋にいると、ガキの頃の俺が見えるみたいやて」

篤臣も、フッと笑って頷いた。

「うん。それがどうしたんだよ」

「俺も、こうして寝とったら、なんや不思議な気分になる。……俺の知らん小さいお前が、この天井を見上げながら寝とったんやなって」

「そうだぜ。ほら、天井のあそこんとこに、小さなシミがあるだろ」

篤臣が指さした天井の隅には、確かに、暗がりにもハッキリわかる手のひら大の黒っぽい変色部があった。

「ふん。そういうたら、なんやあそこだけ色が違うな」

「あれな、俺が物心ついた頃にはもうあったんだ。なんでも昔、上の階で水道が壊れて、水漏れしたときのシミらしい」

「……へえ」

篤臣は、懐かしそうにシミを見上げて言った。

「小さい頃はさ、寝つけなくて天井を見てると、あのシミがどんどん大きくなっていくような気がして、怖くて仕方がなかった。なんでだろうな。……ホントに怖くて我慢できなくて、泣きながら母親のところに走っていったりしてたよ」

「なんや、お前。お義母さんに一緒に寝てもろとったんか」

「まさか。いつも、何を馬鹿なこと言ってるのって叱《しか》られて、さらにマジ泣きで戻ってくるのがオチだったさ」

「せやけど、戻ってきても、怖いのに変わりはあれへんやろ」

「そうなんだよな。だから、布団を頭からひっ被《かぶ》って、ブルブル震えて泣きまくってた。で、そのうち泣き疲れて寝ちまうんだ。いつだって、気がついたら朝で……見上げたシミは、全然大きくなってなんかいなくてさ。どうして昨夜はあんなに怖かったんだろうって思うんだけど、夜になったらまた怖いんだよな」

「ははは。ガキの頃は、わけわからんもんが怖いねんな。俺もそうやった」

「……お前にも、怖いもんがあったのか？」

「俺の場合は、天井から聞こえる怪音やったな」

「怪音？」

不思議そうに訊ねる篤臣に、江南はへへへ、と妙な笑い方をした。

「うちは、お前んちと違って、古い一軒家やからな。天井裏を、ネズミがよう走りよったんや」

「ネズミ！」

篤臣は目を見張った。

「家にネズミがいるなんて、昔話だけの話かと思ってた」

「アホ、ばりばり現代の話や。今でも、たま～に出るらしいで」

「へええ。すげえな！」

「すごいことあるかい。ぼろいだけや。……せやけど、ガキの頃、シゲさんが俺に妖怪《ようかい》の話をしたせいで、俺にでっかいトラウマが発生してな」

「妖怪？　あの温厚そうなシゲさんが、そんなことを？」

シゲさんというのは、長年江南家で住み込み店員をしている楢山繁太郎《ならやましげたろう》のことだ。江南にとっては兄にも等しい人物で、実家のちゃんこ屋は、以前からこの繁太郎が継ぐことに決まっている。

当時のことを思い出したのか、江南は顰めっ面で遠い目をして言った。

「あの人は、あれでけっこうやんちゃなんやで。まだ小学校低学年の俺をつかまえて、天井から逆さにぶら下がって、寝てる子供のほっぺたの脂を舐《な》める妖怪の話をしよったんや。ボンは見るからに旨そうやから、妖怪に大人気やろな～て、あのもっともらしい口調で」

「ぶっ。も、もしかしてお前……」

　思わず吹き出した篤臣の髪を一房ぐいと引っ張り、江南は顰めっ面で頷いた。

「アホ、笑うな。年長者の何気ない一言が、子供の心にふか～い傷を残すことがあるっちゅう、深刻な一例やないか。お前、このへんのネタで一本論文書けるん違うか。『怪談により惹起《じゃっき》された小児のトラウマと犯罪の関連性』とかいうタイトルで」

「ばーか。そりゃどっちかっつうと、法医学より犯罪心理学の連中がやりたがりそうなネタだよ。それよか、シゲさんの怪談で、お前はどうなったのか聞かせろよ」

「俺はな、天井走っとるネズミの足音聞いて、これは妖怪が俺の部屋に来て、俺の顔を舐めようとしとる物音なんや……って思たら怖くてたまらんかったんや。二年くらい、天井向いて眠れんかった。とにかく、ほっぺた隠しといたら、妖怪が来ても大丈夫やって思て、息苦しいの我慢して、ずっとうつ伏せ寝やったで」

「あはははは。お前にも、可愛《かわい》かった頃があったんだなあ」

「誰《だれ》かて、子供の時分はいたいけなもんやろが。……せやけど、そないなこと思い出してみたら、いつの間にか、子供時代っちゅうんは、ずいぶん遠なってしもたもんやな」

感慨深げな江南に、篤臣も仏頂面で同意する。

「ホントだな。もう、昔話の域だもんな。……少なくとも、天井のシミが怖くて仕方なかった頃の俺は、まさか将来、自分がこの部屋で、むさい男と一つ布団で寝るはめになるとは思ってなかったぞ。ったく、俺の人生、うっかりお前と出会っちまったせいで、蛇行運転もいいとこだ」

「スリリングでええやないか。……つくづくおもろいな。そもそも俺と出会う前のお前は、俺がこの世に存在しとることすら知らんかったんやもんな」

「それは、お前にしたって同じじゃねえか」

「せやな。それぞれの道を歩いてきて、出会って、あれこれあって所帯持って。……なあ、篤臣。俺ら、今こうして二人でおって……そんでこれからの時間も、二人で共有するわけやろ」

江南の言葉に、やや眠気に見舞われているらしい篤臣は、小さな欠伸をしながら頷く。

「……ふん。それがどうしたよ」

「今、こうして一緒に、お互いの小さい頃の思い出をたどれるんは、ホンマにおもろいな。幸せやな……って思うんや、俺は」

「江南……」

「上手い言葉が見つからんけど、お前に出会わんかったら一生知らんままやったはずの人たちに出会えて、世界が広がるんが嬉しい。明日の祭りみたいに、俺を知らんかった頃のお前の思い出の場所に、二人で行けるんが嬉しい。……それって結局、過去も少しだけ共有できるような気になれるんや。可笑しいか？」

篤臣は微笑して、江南の固い髪を引っ張り返した。

「お前のその独占欲っつかロマンチストぶりは、いつだって可笑しいよ。けど……そうだな。俺も、お前のお母さんからお前の子供時代の話を聞いてるとき、妙に嬉しかった。お互い出会う前のことはもうどうしようもないと思ってたけど、思い出話と一緒に、昔のお前自身も俺ん中に入ってくるみたいでさ」

「結局俺ら、似たもん同士なんかもしれへんな」

「かもな。……さ、もう寝ようぜ。うちの母親が、あんだけ強引に二人まとめて呼びつけたんだ。明日は絶対、ものすごいハードワークに決まってる」

照れ隠しのように早口にそう言って、篤臣は布団を顎の下まで引き上げた。そうすると、つま先が布団の外に出て、ひんやりと気持ちがいいのだ。

「せやな。……そう思うと、少々空恐ろしい気もする。晩飯、豪勢にすき焼きやったしな。あれ、滅茶苦茶ええ肉やったぞ」

「そうそう。ずいぶん奮発したみたいだからな。マジで要注意だ。……なあ、お前、ホントにこんな窮屈でいいのか？　余計疲れねえ？」

そう言った篤臣を、寝心地がいいように抱き寄せ直し、江南はにやけた笑みで答えた。

「俺は、お前と離れればなれで大広間に寝かされるより、お前と一緒に畳一枚のほうが全然ええんや。……おやすみ」

そう言った江南は、珍しく小さな子供にするように、篤臣の頬にキスを落とす。

「おやすみ」

気恥ずかしそうに江南の無精ひげが生えかけた頬にもキスを返し、篤臣は目を閉じた。

＊　　＊

二人の予想どおり、翌日は、朝から阿鼻叫喚《あびきょうかん》の事態だった。

何しろ、夏祭り実行委員会のメンバーはほとんどが女性と高齢者であるにもかかわらず、搬入すべき機材が山のようにあるのだ。

テントをいくつも設置し、綿飴《わたあめ》やタコヤキなどの調理器具、金魚すくいやヨーヨー釣り用の水槽などをトラックからマンション前広場に運び込み、据えつける……そんな力仕事を、江南と篤臣は、朝からすでにお疲れモードの「お父さん」たち数人と、黙々とこなした。

「おーい、江南。水槽に水たまった！　金魚、連れてきてくれよ」

「カルキ抜きも入れたか？」

「入れた入れた」

「空気ポンプは？」

「ちゃんと動かしてる」

「よっしゃ」

江南は、小さな金魚が入れられた大きなビニール袋をいくつか、台車に乗せて運んできた。それぞれの袋には、簡易な空気ポンプが取りつけられ、金魚が弱らないようにしてある。

篤臣は、袋の中の水と水槽の水に温度差がないのを確かめてから、袋の中身を水槽に空けた。

金魚たちは、いきなり開けた広い空間に戸惑うように、素早く小さい動きを繰り返しながら、徐々に散らばっていく。

「ちっこいなあ」

ほとんどが赤で、時折、黒や赤白が混ざった金魚たちを上から見下ろし、江南は額の汗を拭いた。

タンクトップにあちこち破れたジーンズ、そして頭にタオルを巻きつけたその姿を見て、彼が医師だと思う者はいないだろう。だが、学生時代には決してしなかったそんなワイルドな服装も、今の彼にはよく似合っていた。

今でも十分にお洒落《しゃれ》で着道楽な江南だが、昔のように、服で自分を大きく見せるような気負いがなくなったのだろう。選ぶ服に、カジュアルで飾り気のないものが随分増えた。

「ホントに小さいな。この中で、何匹が大きくなるまで飼ってもらえるんだろうって思うと、ちょっと切ないけど」

Tシャツとジーンズ姿の篤臣も、江南の隣にしゃがみ込んで金魚たちを見下ろした。二人とも、すでに汗だくである。

「ホンマやな。なあ、お前、金魚すくいってしたことあるか?」

「当たり前だろ。毎年、この夏祭りでやってたよ。昔は、けっこう上手かったんだぜ。……あれ、まさかお前、やったことねえの?」

江南は、少し決まり悪げに、首にかけたタオルで顔の汗を拭《ぬぐ》いながら頷いた。

「俺はそもそも、あんましこの手の祭りに来たことあれへんからなあ」

「マジ? あ、そっか。お前んち、店やってるんだもんな」

「せやせや。祭りをやっとるような時間帯は、両親が店で大忙しやろ。ガキの頃、連れてきてもろたことがないねん」

「でも、小さい頃はともかく、もう少し大きくなってから、友達と来ようとか思わなかったのかよ」

「俺、小遣いもらえるようになったんは、中学に入ってからやからな。その頃には、祭りに行っても、おでん食うたり焼きそば食うたりするばっかしで、金魚すくいなんちゅう幼稚なもん、やったら格好悪い、友達に馬鹿にされると思とった」

篤臣は、指先で水面をちゃぷちゃぷ叩きながら、苦笑いした。

「お前、グレるの早すぎなんだよ」

「早熟て言うてくれや。せやけど確かに、今思うたら、そのせいでいろんなことで損しとった。子供時代ならではの楽しいことが、ようけえあったはずやのにな」

「ホントだよ。……でも、まあ、いいじゃん。初めてやる金魚すくいが俺と一緒ってのは、お前にとっちゃその……ほ、本望だろ？」

「……あ？」

水面から顔を上げた江南の視線から逃げるように、篤臣はそっぽを向いてしまう。その頬も耳も、ほんのり赤くなっているのを見て、一瞬ポカンとなった江南は、すぐにいつものふてぶてしい笑顔に戻って言った。

「せやな。もしかしたら、そのために神さんが、俺を金魚すくいから遠ざけとったんかもしれへんで。……な、あとで時間もろて、一緒にやろな、金魚すくい」

「……ま、まあ、つきあってやらないこともねえ。それよりっ。そろそろ、鉄板温めにかからなきゃ駄目だろ。ヨーヨー釣りの水風船の支度もまだだし。やることはいっぱいあるんだから、遊ぶ話はあとにしろ！」

すっくと立ち上がった篤臣は、そんな分別くさいことを言って、どかどか歩き去ってしまう。

「……自分で話振っといて、あないに照れんでもええやろに」

いつになってもシャイな篤臣のうしろ姿をやに下がった笑みで見送り、江南も作業を続行すべく立ち上がった……。

「おにーちゃん、もっぺんやるー！」

「ああ、はいはい。もう破っちまったのかよ。じゃあ、百円な」

「はいっ、おかね！」

「はい、確かに。どうもありがとな」

さっきから三度連続で、あっという間に紙を破ってしまった小さな男の子に、篤臣は身を屈めるようにして、新しいポイを手渡してやった。

引き替えに渡された百円玉は、ずっとポケットに入っていたのか、じんわりと温かい。

（どうしても、金魚がほしいんだなあ……。けど、ここで金を使い切っちまったら、他の露店で遊べなくなって、心残りだろうに）

自分も幼い頃、最初に行った射的の露店でお小遣いをすべて使い果たしてしまい、楽しげに遊んでいる他の子供たちを後目《しりめ》に帰宅したことを記憶し、篤臣は「なあ」とその子に声をかけた。

「なに、おにいちゃん」

「上手《じょうず》に掬《すく》える方法、教えてやろっか。そんなんじゃ、またすぐに紙が破れちまう」

「おしえて！」

男の子は大きな目をキラキラさせて、篤臣を見る。篤臣はよしと頷き、ポイを握りしめた男の子の手を指さした。

「そうやって、真上からそろそろ水に突っ込むから、紙が弱るんだよ。いいか、もう少し、ポイを水面に対して斜めにして、するっと入れてみな。優しく素早くだぞ。……そうそう、そんな感じ。上手いじゃないか」

地面にしゃがんで水槽を覗き込んでいた男の子は、戸惑い顔で、それでも篤臣の言うとおり、小さな手で危なっかしくポイを握り、水につけてみる。

「オッケー。それで、目当ての金魚はどいつだ？」

「えっと……これ！」

男の子が指さしたのは、黒いデメキンだった。赤い普通の金魚が大半を占める中、色も形も違うそれに、彼はさっきから激しく執着している模様だ。

篤臣は、少し困った顔で頭を掻いた。

「あー。やっぱそいつか。そいつは他の金魚よりでかいから、難しいぞ」

「それでも、これ！　これがほしい！」

男の子は小さな口をギュッと引き結び、強情にそう主張する。しゃがんでいなければ、地団駄を踏みそうな勢いだ。

その表情が、ほしいものを絶対買うと言い張るときの江南を彷彿《ほうふつ》とさせ、篤臣の頬はほころんだ。やはり、うちの「自称旦那」は、大きい子供だ……と思いつつ、男の子の頭に、自分の手のひらをポンと置いた。

「仕方ねえなあ。じゃあ、いっちょ頑張ってみるか」

「うんっ」

「よーし。じゃあ、まず……そーっと。そーっとだぞ。この黒いデメキンの真下に、ポイを持ってくるんだ」

「うんっ。……あれえ、きんぎょ、にげるよ」

「静かに待ってりゃ、そのうちどっかで止まる。金魚すくいに必要なのは、集中力と根気なんだぞ」

「しゅーちゅーりょくと……?」

「根気。意味は家に帰ってから、お母さんに訊《き》け。……あ、ほら。止まった」

「ホントだ!」

水槽の中を泳いでいた黒いデメキンは、水槽の端っこでピタリと止まった。まるでホバリングでもするように、ヒラヒラと尾びれを動かしているだけだ。

わりに水面近くにいるところを見ると、やや疲れ気味らしい。さっきからこの男の子のポイに追いかけ回されて、消耗しているのだろう。

気の毒ではあるが、くたびれた金魚は比較的掬いやすい。篤臣は内心ホッと胸を撫で下ろし、真剣そのものの男の子の顔を覗き込んだ。

「じゃあ、掬うぞ。俺手伝ってやるから、手に変な力入れんなよ。わかったか?」

「うんっ」

篤臣は、自分も男の子に負けず劣らず大真面目《おおまじめ》な顔で、男の子の手首を摑み、黒いデメキンを下からポイで掬い上げた。

「わっ」

「こら、変な力入れるなっつったろが。勝負はここからなんだぜ」

真上に持ち上げれば、ひと回り大きな金魚と水の重みで、あっという間に濡《ぬ》れた紙は破れてしまう。篤臣は男の子の細い手首を摑むと、軽くねじるように回転させ、ポイを斜めに傾けた。

「よーっし。慎重にな。あと一息だ、最後まで油断すんな」

「はいっ」

そうすれば、金魚をポイの枠に寄せるとともに、金魚と一緒に掬ってしまった水を端から逃がすことができるのだ。

もう何年も金魚すくいなどしていなかったが、いざやってみると、当時の勘がすぐに戻ってきた。やはり、技の記憶は脳ではなく体の各所に残っているものらしい。

「……っと！」

篤臣はもう一方の手で水に浮かしてあった椀《わん》を取ると、ポイを持った男の子の手首を素早く持ち上げた。

次の瞬間、椀の中には、黒いデメキンが入っていた。

「わあっ！」

男の子は歓声を上げ、二人は拍手とお祝いの声に包まれる。

「な……なんだ？」

驚いて男の子とともに振り返ってみると、いつの間にか、彼らの周囲には何人もの人たちが集まってきていた。

集中していたので気づかなかったが、皆、篤臣たちと同じように、息詰る思いで二人を見守っていたらしい。

「おにいちゃん、わたしもー！」

「僕もやろかな。一回いくら？」

それまではほどほどの混《こ》み具合だった金魚すくいの屋台は、あっという間に大賑《おおにぎ》わいになってしまった。

氷

皆、水槽の周りをぐるりと取り囲み、勢い込んで金魚を掬い始める。

「やれやれ。お前のおかげで、大盛況だよ。ほい、お目当ての黒デメキン」

篤臣は、小さなビニール袋に黒いデメキンを水とともに入れ、ワクワクした顔で待っている男の子に渡してやった。

「やった……！」

結局、大物狙いの代償として、ポイは一度きり使っただけで破れてしまった。それでも男の子は満足そうに、目の高さに金魚をぶら下げ、ニッコリした。

つられて、篤臣も柔らかな笑顔になってしまう。

「よかったな。大事に飼ってやれよ。ちゃんとお母さんに、金魚鉢買ってもらえよな？」

「うん！　ありがと、おにいちゃん」

篤臣が頭を撫でてやると、男の子は興奮して真っ赤《まっか》な顔で頷き、お礼を言って、駆けていった。おそらく、近くにいる母親に、金魚獲得の報告に行くのだろう。

「転ぶなよ～」

男の子を見送り、篤臣は温かな気持ちで、ふうっと息をついた。

少し離れたところでは、江南がタコヤキの露店で奮闘しているのが見える。

関西人なら、タコヤキを焼くのも上手いだろう。

そんなわかりやすい先入観でタコヤキの調理を任された江南だが、さすが食べ物屋の息子と言うべきか、鉄板の前に立つ姿はなかなかさまになっている。祭りのスタッフ全員が着用している青い法被が、江南にはよく似合っていた。

大量のタコヤキを、両手に持ったピックでクルクルひっくり返していく手つきも鮮やかで、篤臣は、やはり手先の器用な外科医だと、変なところで感心した。

接客には世津子が入っているので、江南はひたすらタコヤキを焼き続けている。江南が人見知りすることを知っているので、世津子が気を遣ったのだろう。

世津子は丸く焼き上がったタコヤキを六つずつトレイに載せ、ソースを塗り、青のりを振って、お客さんに手渡している。こちらも主婦らしいテキパキした動作だ。

お客さんの相手をする合間に、世津子は江南に何やら話しかけ、江南も笑顔で言葉を返している。

(なんだよ、あっちはやけに楽しそうだな……)

篤臣のほうはといえば、ひとり金魚すくいの係にされ、なんとなく仲間外れの体である。別に、常に江南とユニットで動きたいわけではないが、自分がひとりで、江南のほうは誰かと楽しくやっているのを目の当たりにしては、心の広い篤臣もいささか面白くない気分になるというものだ。

「ちょっとお兄さん。助けてくれないかな」

思わずムッとした顔をしていた篤臣は、野太い声に我に返った。

見れば、小さい子供三人に囲まれた若い父親が、情けなさそうな笑顔で破れたポイを篤臣に差し出している。

彼の椀には、まだ金魚の姿はなかった。

「パパ、あれすくって！」

「あたし、こっちの赤と白の子がいいなあ」

「ねえ、早く早く！」

三人の子供たちは、父親にくっつき、水槽を覗き込んで、自分たちのお気に入りの金魚を指差している。どうやら父親は、子供たちに好きな金魚をとってやると約束している様子だ。

「少なくとも、三匹掬わなきゃ帰れないんだよ。さっきの子みたいに、俺もご指導お願いしちゃいたいんだけど。オトナは駄目かな」

父親のおどけた頼みに、篤臣は気を取り直し、笑顔で頷いた。

「いいですよ。でも大人には、手取り足取りじゃなくて、コツだけ。でないと、水槽が空っぽにされちゃいますからね」

「それで十分。よっし、頑張るぞー！」

子供たちの声援を受け、父親は張り切ってTシャツの袖《そで》を肩までまくり上げる。

他の客たちも、口々に篤臣に金魚すくいの極意を教えてほしいとせがんで、水槽の周囲は騒然となった。篤臣は、慌てて両手の指を広げ、皆を宥《なだ》めにかかる。

「あ、ちょっと待ってください。じゃあ、みんな一度に教えますから！　ま、まず、いいですか！　このポイ、裏と表があります！　紙をのりづけしてある面が表で、こっちを上にしないと、すぐ駄目になっちゃいます。それから……！」

法医学教室では、実習で学生相手に実験の指導をしたりする篤臣だけに、この手の説明はお手の物である。さっき感じた不満はひとまず忘れ、篤臣は、本領発揮とばかりに、張り切って「金魚すくい教室」の先生と化したのだった。

その夜……。

「わッ……な、なんだ、お母さんかよ」

背後から頬に冷たいものを当てられ、うつらうつらしていた篤臣は、ギョッとして目を開けた。

振り返ると、世津子が笑いながら、アイスキャンデーを差し出していた。

「アイスキャンデー、食べない？」

「……ああ……。食う。ありがと」

篤臣はアイスキャンデーを受け取り、袋を破った。

「あずきバーなんて、もう十年以上食ってないよ」

「懐かしいでしょ。子供の頃、よく食べてたわね」

「お母さんが、これしか買ってこなかったからじゃん」

「ふふ、だってお母さん、昔からこれがいちばん好きなんだもん。……よく寝てるわねえ」

世津子は、篤臣が座っているソファーの前に立ち、呆れ顔で言った。その視線の先にあるものは……篤臣の膝枕《ひざまくら》で、ソファーに長々と伸びている江南の姿だった。

祭り自体は夕方に終わったのだが、そこから撤収に手間取り、結局、すべてが片づいたときには、夜の八時を過ぎていた。

ほとんど十二時間、休みなしに働き続けていたわけで、基本的にタフな江南と篤臣も、さすがに疲労困憊《こんぱい》してしまった。

出前の寿司《すし》で夕飯を済ませ、最後の力を振り絞って風呂を使ったまではいいが、篤臣はそのままソファーにへたり込み、江南も篤臣の膝枕で本格的に寝入ってしまったというわけなのだ。

「疲れきってるんだろ。涼しげに金魚すくい係だった俺でさえ、こんなにヘトヘトだもん。くそ暑い中、ずっと鉄板の前に立ってたんだ。江南はもっとくたびれてるよ」

篤臣はそう言って、まだ湿った江南の髪をそっと撫でた。いつもなら、母親の前で男に膝枕をしている状況など、シャイな篤臣には耐えられなかったに違いない。だが、今夜に限っては、疲労が羞恥心《しゅうちしん》を鈍らせているのだろう。

そんな息子の姿を複雑な表情で、しかしどこか面白そうに見遣《みや》りながら、世津子は江南の体にタオルケットをかけてやった。そうして自分は、ソファーの肘《ひじ》置きに軽く腰を下ろす。

「ホントに、今日は二人ともよく働いてくれたわ。ありがとう。……ねえ、もしかして、明日は仕事なの？」

心配そうに問われ、篤臣は苦笑いでかぶりを振った。

「念のため、二人とも休みは二日とってあるよ。嫌な予感がしたからな。やっぱ、大正解だった」

「よかった。じゃあ、明日はお昼までゆっくり寝て、ご飯食べてから帰んなさいよ」

「そうさせてもらおうかな」

「ええ。美味《おい》しい冷やし中華でも作ってあげるわ。……それにしても」

世津子は、江南の寝顔を見て、クスリと少女のような顔つきで笑った。

「起きてるとあんなにコワモテなのに、寝てると妙に可愛いわねえ。子供みたい。……あーあ、お母さんも生まれ変わったら、次はこんなかっこいい男の子に恋したいわ」

「お、おい、お母さん」

昼間の仲のよさそうな世津子と江南の姿を思い出し、篤臣は軽く顔色を変える。世津子はそんな篤臣の額を指先でパチンと弾《はじ》いた。

「いてッ」

「冗談に決まってるでしょ。なんて顔してるの。息子のパートナーに手を出す母親が、どこにいますか。それに私には、素敵な旦那様がいるんだから」

そう言って世津子は、仏壇のほうを見て、夫の遺影に軽く手を振ってから、篤臣に視線を戻した。

「でも、なんだか不思議なのよねー。ほら、お友達がよく言うわけよ。うちの息子は立派に育ったけど、女を見る目だけはないって」

「は？」

思いがけない方向に進んだ話に、篤臣はアイスキャンデーを齧りながら目を白黒させる。

世津子は、悪戯《いたずら》っぽい顔つきで言った。

「つまり、息子が選んできたお嫁さんが、どうにもこうにも気に入らないってわけ。どうしてよりにもよってあんな子を選んじゃったのかしらうちの息子ったら、ってみんな愚痴るのよね」

「へ、へえ……」

「典型的な姑《しゅうとめ》根性ってやつよね。きっと、どんなに立派なお嬢さんを連れてきても、男の子の母親って気に入らないんじゃないかしら。息子にとっては、自分が唯一の女性であってほしい……って気持ちがどっかにあるのかもね。もちろん、息子が成長して、新しい家族を築いていくこと自体は嬉しいんでしょうけど、そういうのとは別のところで割り切れない思いがあるのかもしれないわ」

「そういう……もんなのか？」

戸惑う篤臣の髪をクシャッと撫でて、世津子は目尻《めじり》に笑い皺《じわ》を刻んだ。

「そうみたい。私もいつか、そんなふうに思う日が来るのかなって内心げんなりしてたんだけど……。相手が男の子だから、また違うのかしら。こうして江南君に会うたびに、あんたは本当にいい人を選んだって思うわ」

「お母さん……」

篤臣は驚いて目を丸くする。世津子は、無防備な顔で眠る江南を見て、つくづくと言った。

「最初、結婚云々《うんぬん》の話を聞かされたときは、本当に驚いたし、腹も立てたわ。今だから言えるけど……江南君に、殺意に近い感情を抱いた。だから、頭を冷やしに外へ飛び出しちゃったのよ。あのまま近くにいたら、自分が何するかわからなかったから」

「でも……あんときお母さんがぶっ飛ばしたのは、俺のほうだったじゃん」

「そりゃ、あんたにも猛烈に腹が立ったんだもの。なんて馬鹿な子だろう。なんだって、私が夫を亡くしたばかりのこのときに、そんな素《す》っ頓狂《とんきょう》なことを言い出したんだろうって」

「う……ご、ごめん。タイミングの悪さについては、俺も江南も重々反省してる。……でも、妙な嘘《うそ》ついたり、隠し事したりしたくなかったんだ。……その、家族だし。大事に思ってるから。だから」

「わかってるわよ。あのとき、私のことを考えてくれてたのは、あんただけじゃないってことも、今はよくわかってるの」

「お母さん……」

呆然とする篤臣に、世津子は照れくさそうに笑いかけた。

「だって、あのとき私を探しにきてくれた江南君ったら、なんだか途方にくれた顔をしててね。本当に、私のことを気遣ってくれてるんだって感じたわ。その途端、我ながら不思議なくらい、怒りの感情がすうっと心から抜けたの」

「……どうして？」

「なぜだか納得しちゃったのよ、ああ、篤臣がこの人を選ぶのも無理はないって。……なぜかしらね。見た目ほどふてぶてしい人じゃない、本当は神経の細やかな優しい人なんだって、目が合った瞬間、わかっちゃったのよね」

「……そっか」

「今日、屋台で半日一緒に仕事して、やっぱりすごく真面目な人なんだって再確認したわ。ホントは、こんなしんどいこと嫌だって言われても、仕方がないと思ってたの。文句を言われたら、謝ろうと思ってたわ。でも江南君ったら、一言も文句も弱音も吐かなくて……それどころか、暑いとさえも言わずに頑張ってくれたのよ」

「そりゃこいつ、意地っ張りの見栄《みえ》っ張りだからな。他人の前じゃ、絶対そんなこと言わないさ。けど俺が一緒にいたら、絶対、十秒おきに暑いしんどい眠い飽きたって文句言いっぱなしだったぜ」

「んま。あんたには甘えるのね。……なんか悔しいわ。今度、お義母さんにも甘える子に教育しちゃおうかしら」

「あのな……」

思いきり顰め面をした息子の鼻をギュッと摘まみ、世津子はふと真面目な顔で問いかけてきた。

「ねえ、篤臣。……幸せ？」

「な、なんだよ藪《やぶ》から棒に」

母親の手を払いのけ、篤臣は上擦った声を出す。だが世津子は、強い口調でもう一度同じ言葉を繰り返した。

「ちゃんと答えて。幸せ？」

篤臣は、ゴクリと唾《つば》を飲み、江南の寝顔に視線を落とした。それから世津子を真っすぐ見て、深く頷いた。

「幸せだよ。こいつとは学生時代に出会って以来、ホントに色々あったけど……。一生許せないって思ってた時期もあったし、派手なケンカもしたし、何より両方の親をすごく傷つけちまった。……でもやっぱ、俺、こいつと知り合えてよかった。こいつを相棒に選んでよかったと思ってる」

「篤臣……」

「親不孝な息子でごめん。心配かけてばっかでごめん。……でも俺、すごく幸せだよ」

「……そう。よかったわ」

世津子は詰めていた息を細く長く吐き、それからさりげない口調でこう言った。

「それを聞いて、安心した。……あのね。私、いい機会だからあんたに言っておくことがあるの」

「なんだよ、あらたまっていきなり。っていうか、俺こんな格好だってのに」

世津子が真面目なので、自分もきちんと座り直したいと篤臣は思うのだが、江南の頭に邪魔されて身動きができない。

「格好なんて、どうでもいいのよ。あのね、篤臣。……私も、幸せだから」

「お母さん……」

思いも寄らない世津子の言葉に、篤臣は絶句する。世津子は、篤臣と江南の顔を見比べ、しみじみと優しい声で言った。

「もちろん、子供が幸せなら、それは親にとって何より嬉しいことよ。でも、そういう意味だけじゃない。私自身も、江南君と知り合えて、あんたと江南君が一緒にいるのを見ていられて、とても幸せよ。……そのことを、あんたにちゃんと知っていてほしかったの。もう、私を傷つけたことを後悔する必要はないんだって、そう言いたかったのよ」

しばらく無言で世津子の顔を見ていた篤臣は、やがて大きな溜め息をつき、項垂れた。やがて顔を上げたとき、篤臣の顔には、照れくさそうな、どこか悲しげな微笑が浮かんでいた。

「ありがとな、お母さん。俺たち、ホントに素晴らしい両親に育てられたんだなって、最近しみじみ思うんだ。……そうすっと、ますますお父さんのことが悔やまれて仕方がない。なんで俺、あんなに意固地になってたんだろう。なんで、関係を作り直すにはもう遅い、なんて思ってたんだろう。……人とわかり合う努力に、遅すぎるなんてことはないのに」

「それがわかっただけでも、昭彦《あきひこ》さんの死は無駄じゃなかったわ。……あんたはあの人のおかげで、また少し優しい子になった。それだけで、昭彦さんは嬉しいと思う」

「お母さん……」

「大丈夫。あんたは周りの人みんなを幸せにする子よ。だからあんたも、なんの遠慮も罪悪感もなく、幸せでいていいの。……ね？」

両方の頬を包み込む世津子の手のひらの柔らかさと温かさに、篤臣はとても安らいだ気持ちで目を閉じ、こくんと頷く。

「よし。じゃあ、お母さんはもう寝るわね。さすがに気は若くても、体はすっかり年取っちゃって。もう眠くて仕方がないのよ」

「あ、うん」

「江南君が起きたら、ちゃんと二人でお布団に行くのよ？　朝までそんなところで寝たら、風邪引いちゃうし、体が休まらないから」

「わかってる。おやすみ。明日の朝は起こさないから、ゆっくりおやすみなさい」

「おやすみ」

そう言って、世津子は去っていった。

篤臣は、半ば無意識に、さっきまで世津子が触れていた自分の頬に手を当てた。

母親の手というのは、どうしてあんなに優しい温もりに満ちているのだろう。篤臣はそう思った。

もう「いい大人」と言われる年齢になったというのに、やはり母親にあんなふうに労られると、嬉しいのと切ないので胸がギュッとなってしまう。

（いくつになっても、お母さんには敵《かな》わねえな……）

そんなことをしみじみ思っていると、不意に耳慣れた声が聞こえた。

「……よかったな、篤臣」

「わッ」

ギョッとして視線を落とすと、熟睡していたはずの江南が、ぱっちりと目を開け、ニヤニヤと笑っている。篤臣は、羞恥でカッと頬を熱くした。

「な、なんだよ、お前！　趣味悪いぞ、狸寝入《たぬきねい》りなんかしやがって！」

「アホ。途中までは寝とったんや。お前とお義母さんが喋《しゃべ》っとる声で、目が覚めた。せやけど、どう考えても俺が起きたら台無しな話をしとるやないか。こちとら、必死のパッチで寝たふりしとったんやぞ。うあーあ、よけい疲れたわ」

そう言って、江南は遠慮なしの大欠伸をした。だが、篤臣の膝から頭をどかす気は毛頭ないらしく、真下から眠そうな顔で篤臣を見上げている。

「あーあー、そりゃ悪かったよ。……おい、起きたんなら、布団に行けよ。俺だって、もう眠いんだから」

篤臣はそう言って江南の頭を押し上げようとしたが、江南はそんな篤臣の手首を掴んで制止してしまった。

「もうちょい。もうちょいだけ、こうさしといてくれ。お前の膝枕、アホみたいに気持ちがええんや」

「……ったく」

篤臣は嘆息しつつも、深くソファーに座り直した。少しでも寝心地がいいように、江南の頭を置き直してやる。

「お母さんにああ言うてもろて、よかったな、篤臣」

江南の言葉に、篤臣は恥ずかしそうに頷いた。

「まあな。……なんか不思議だよな、母親って。そのときいちばんほしい言葉を、さらっとくれちゃうんだもんな」

「アレは、お義母さんならではの特技や。うちの親は、そんな気の利いたことはよう言わん」

「でもお前のご両親だって」

「大丈夫や。ちゃんと態度で示してくれとるて、俺もちゃんとわかっとる。……それに親父《おやじ》もお袋も、お前が大のお気に入りやからな」

「え？　お、俺？」

江南は、篤臣の手を握り、手の甲にキスして言った。

「おう。親父が、よう気がついて、きびきび働く、裏表のないええ男やて言うとった。うちの母親なんぞ、お前をつかまえたんが、俺の唯一の手柄やって言うんやで」

「そ、それは……その、なんていうか、ありがたい話だな」

「ありがたいんは俺や。お前のおかげで、なんでか俺の株まで自動的に上がった」

不適に笑って、江南はつくづくと篤臣のほっそりした顔を見上げた。

「な……なんだよ」

「楽しかったな。今日。……ヘトヘトやったけど、人生初の金魚すくいでヨーヨー釣りやった」

江南の言葉に、篤臣は小さく吹き出した。

実は夏祭りも終盤にさしかかり、客が少なくなった頃を見計らって、篤臣は江南を誘い出したのだ。そして二人は、子供たちに交ざって、金魚すくいやヨーヨー釣りや輪投げといった他愛《たあい》ない遊びに興じて、楽しいひとときを過ごしたのだった。

「でもお前、せっかくとった金魚、もらわなかったじゃん。ヨーヨーは後生大事に持ってるくせして。別に持って帰ってもよかったんだぜ？　金魚鉢なんて、そう高いもんじゃないんだし」

篤臣はちょっと残念そうにそう言った。

篤臣にあれこれコツを教わり、ポイを五つも駄目にして、江南はようやく一匹の金魚を掬うことができた。それなのに彼は、あっさりその金魚を水槽に戻してしまったのである。

だが、江南はあっけらかんとした顔で言った。

「ええんや。掬うのが目的で、金魚飼うんが目的と違うからな」

「でも、せっかくの初金魚じゃん。記念になったのに」

「ええねんて！」

江南はやけに語気強くそう言うと、端正な顔を歪《ゆが》めるようにして笑った。彼が照れているときに見せる笑顔だ。

「金魚なんか飼《こ》うたら、お前が面倒みることになるやないか。……俺は、たとえ金魚でも、俺以外のもんにお前が世話焼くんは、我慢できへんのや」

「あ……あのな……。お前、ホントに馬鹿だろ」

「お前に関してはアホ丸出しや。それで本望やからな」

そう言って、江南はきっぱりとこう続けた。

「あんな。明日は昼飯食うたら、すぐ帰るぞ！」

「あ？　な、なんで？　何か予定あったっけ」

首を捻る篤臣に、江南はまるで常識を語るような口調でこう言った。

「アホ、違うわ。速攻でお前を寝室に引っ張り込むんや」

「何ぃッ。なんだよ、そりゃ」

思わずのけ反る篤臣の項《うなじ》に大きな手のひらを差し入れ、江南はニッと笑った。

「いきなりと違うわ。悪いんはお前やぞ。お義母さんの前で、俺と一緒になって幸せやーて
あんだけ豪快にのろけよってからに」

「うわわわわ……それはっ！　まさかお前が起きてるなんて思わなかったから……」

「思わんかったから、素直な気持ちを言葉にしたんやろ？」

大慌てする篤臣に、江南は虎《とら》が喉《のど》を鳴らすような声で問いかける。

「う……ううう……」

正直な篤臣は、真っ赤になって俯《うつむ》いた。その表情こそが、何よりの肯定である。

「そない可愛いこと言われて、可愛い顔されて、俺がどんだけ薄目で我慢しとったと思とん
ねん。……明日の昼過ぎまで待つんが限界や。ホンマのこと言うたら、今すぐここで押し倒

したい」

「ばっかやろ！　んなことしたらぶっ殺……」

「わかっとる。せやから、とりあえず応急処置してくれや……な？」

そんな言葉とともに、項に置かれた江南の手にぐっと力がこもった。

母親の優しい手とはまったく違う、熱く、力強い手のひら。

これからずっと握り合って歩いていきたい、大切な、世界にたった一つの手。

「……この馬鹿。俺は死人専門の医者だ。生きてる奴の応急処置なんて、守備範囲外だっつの」

その手に導かれるままに、篤臣はゆっくりと上体を屈め、江南の唇に最強の応急処置……優しいキスを落としたのだった。

あとがき

はじめまして、あるいはまたお会いできて嬉しいです。樹野道流です。

とうとう「メス花シリーズ」も五作目となりました。

四作目「夜空に月、我等にツキ」をドラマCD化したものが一月に発売となったのですが、その収録の際、篤臣役の鈴村健一さんに「俺たち医者だと思ったら今回、『右手に包丁、左手に白菜』だヨ！」と言われるほどホームドラマ化しておりましたこのシリーズも、本作でめでたく医者ものに戻りました！

いやはや、長い寄り道でした……。我ながら、白衣の江南とか、教室で実験してる篤臣とかを書くのが非常に新鮮でもあり、楽しくもあり。

やっぱり、江南にしても篤臣にしても、仕事をしているときの男の人の顔というのは、キリッとしてていいなあ……と思ったりしました。家でダラダラして、篤臣にべったり甘えている江南も、可愛くていいですが。
今回、初登場となった江南の上司、小田先生と、江南や篤臣の同級生、楢崎。どちらもお気に入りのキャラクターです。特に楢崎を、がつんと活躍させてみたいなあ……と、ちょっと思っていたり。さて、どうなりますことやら。

今回は、三人の編集さんにお世話になって、この本ができあがりました。編集長のSさん、「書き下ろし原稿が上がらないと辞められません。いえ辞めますけどね」と言い残して編集部を去って行かれたYさん、そしてこれからもお世話になるであろうニューフェイスのOさん。ありがとうございました!
そして、体調不良の中、イラストを上げてくださった唯月一さんにも、心からの感謝を。編集Yさんから、「前作のサンタロ絵が好評だったので、今回もコスプレ関係で」と言われて、今回、あの書き下ろしに……。私自身も、楽しみにしております。

それではまた、近いうちにお目にかかれますことを祈って。

椹野　道流　九拝

◆初出一覧◆

その手に夢、この胸に光（シャレード2005年7月号・9月号）
夏祭り（書き下ろし）

CHARADE BUNKO

その手《て》に夢《ゆめ》、この胸《むね》に光《ひかり》

[著　者]　椹野道流《ふしのみちる》

[発行所]　株式会社 二見書房
東京都千代田区神田神保町1－5－10
電話　03(3219)2311［営業］
　　　03(3219)2316［編集］
振替　00170－4－2639

[印　刷]　株式会社堀内印刷所
[製　本]　ナショナル製本協同組合

ISBN4-576-06026-0
http://charade.futami.co.jp/

CHARADE BUNKO

スタイリッシュ&スウィートな男たちの恋満載

椹野道流の本

もう、ただの友達には戻れない——

右手にメス、左手に花束

イラスト=加地佳鹿

法医学教室助手の篤臣と外科医の江南、そんな二人の出会いは、9年前のK医科大学の入学式。イイ男で頼りがいのある江南に、篤臣は純粋な友情を抱くのだったが、一方の江南は、じつは下心がありありで…。

失いたくないもの…それはただひとつ。この男——

君の体温、僕の心音

右手にメス、左手に花束2

イラスト=加地佳鹿

親友関係から恋人同士へと昇格し、試験的同居にこぎつけた二人だが、仕事柄まともに家に帰れない江南に日々、不満をつのらせる篤臣。ライバルの罠とも知らず江南の密会現場を目撃するが!?